Couple Walking Through The Snow. _Anna Whelan Betts._

당신을 사랑했소. 어쩌면 사랑은

내 가슴속에서 아직 완전히 꺼지지 않았을지 모르오.

하지만 당신이 그로인해 근심치 않기를.

무엇으로도 당신을 슬프게 하고 싶지 않소.

당신을 사랑했소. 말없이, 기대 없이, 때로는 소심하게,

때로는 질투로 괴로워하면서.

당신을 사랑했소. 진심으로, 절실하게.

당신이 다른 사람에게 사랑 받기를 바랄만큼.

1829

눈보라

옮긴이 **심지은**

연세대학교 노어노문학과를 졸업하고 서울대학교 노어노문학과 대학원에서 석사 학위를, 상트페테르부르크 러시아학술원 러시아문학연구소(푸시킨스키 돔)에서 푸시킨 연구로 박사 학위를 받았다. 현재 한양대 아태지역연구센터 HK연구교수로 재직 중이다. 저서로는 『문학지리. 한국인의 심상공간(공저)』, 『현실과 기호의 이질동상성(공저)』, 『나를 움직인 이 한 장면: 러시아 문학에서 청춘을 단련하다(공저)』, 『백년의 매혹: 한국의 지성, 러시아에 끌리다(공저)』, 『세계를 바꾼 현대작가들(공저)』, 역서로는 『러시아인, 조선을 거닐다』, 『대위의 딸』, 『적자색 섬』 등이 있다.

눈보라

초판 1쇄 2020년 1월 10일
초판 6쇄 2025년 1월 1일

지은이 알렉산드르 푸시킨
옮긴이 심지은
펴낸이 박소정
펴낸곳 녹색광선
이메일 camiue76@naver.com
ISBN 979-11-965548-2-8(03890)

이 도서의 국립중앙도서관 출판예정도서목록(CIP)은 서지정보유통지원시스템 홈페이지와 국가자료공동목록시스템에서 이용하실 수 있습니다.(CIP 제어번호: 2019047989)
이 책에 사용된 사진 중 일부 저작권자를 찾지 못한 도판은 확인하는 대로 통상의 사용료를 지불하겠습니다.

눈보라

목차

책 머리에   9

한 발의 총성 Выстрел   19

눈보라 Метель   51

장의사 Гробовщик   83

역참지기 Станционный смотритель   103

귀족 아가씨 농노 아가씨 Барышня-крестьянка   133

고(故) 이반 페트로비치 벨킨 이야기   181
Повести покойного Ивана Петровича Белкина

해설
푸시킨의 삶과 작품세계 - 『벨킨 이야기』가 보여주는   193
'길 떠남-시련-귀환'의 내러티브

Pushkin at the Mikhailovsky. Pyotr konchalovsky (1932)

많은 사람들이 톨스토이나 도스토예프스키로 가득한 러시아를 그리며 그곳에 첫 발을 내딛는다. 그런데 정작 러시아인들은 그 어떤 작가보다도 푸시킨을 존경한다. 러시아 여행자는 수많은 푸시킨 동상을 곳곳에서 마주하게 된다. 또한 러시아에는 푸시킨이라는 이름이 붙은 미술관, 거리, 공원, 호텔, 카페가 넘쳐난다. 푸시킨의 나라라고 불러도 이상하지 않을 정도다. 민중이 사랑할 수밖에 없는 작가. 푸시킨은 러시아인들에게 그런 존재다.

현대 러시아 소설가 타티야나 톨스타야(톨스토이 집안의 증손녀뻘인 작가)가 소설 『키시』에 쓴 문장은 이러한 러시아인들의 푸시킨 사랑을 대변하는 것처럼 느껴진다.

나는 나의 푸시킨을 말할 수 없이 사랑해!

러시아인들은 그들의 아이에게 푸시킨이 쓴 동화를 읽힌다.

(러시아 부모들은 아이를 훈계할 때 "네 숙제는 누가 대신해 주지 않아. 푸시킨이 해줄 것 같아?" 라고 말할 정도다.) 학교에서는 학생들에게 그의 문학작품을 읽히고 시를 암송하게 한다. 이처럼 러시아인들은 유년기부터 자연스럽게 푸시킨의 작품을 접하며 성장한다.

그러나 익숙하다는 것만으로는 푸시킨에 대한 러시아인들의 절대적인 사랑을 설명할 수 없을 것이다. 그는 귀족임에도 러시아 전통 민담들을 들려주는 유모의 손에 자라면서 러시아 민중 특유의 정서를 체화하였다. 이것은 훗날 그의 여러 작품에 고스란히 반영된다. 게다가 그의 작품들은 러시아인들이 지금도 쓰고 말하는 언어로 이루어져 있다. 당시 귀족들이 주로 프랑스어를 사용할 때, 그는 러시아어로 말과 글을 일치시켜 많은 사람들이 이해하기 쉽도록 글을 쓴 작가였다. 투르게네프의 말처럼 그는 '다른 나라에서 백년 이상 걸린 문장 확립과 국민 문학의 창조를 일거에 성취한 천재'이며 러시아 문학의 축복과도 같은 존재였다.

하지만 소설 『역참지기』에 '나쁜 운명은 피해갈 수 없는 법'이

푸시킨의 아내, 나탈리야 곤차로바 Natalia Goncharova. Vladimir Ivanovich Hau. (1841)

라고 썼듯이, 그 또한 비극적인 운명을 피해갈 수 없었다. 1837
년 2월, 푸시킨은 미모의 아내 나탈리야 곤차로바와 염문이
돌던 프랑스 군인 조르주 당테스와 결투를 벌이다가 총상을
입고 죽음을 맞이한다. 그의 나이 37세였다. 갑작스런 결투로
요절해버린 이 시인의 장례식에 수만 명의 민중들이 몰려와
애도를 표했다고 한다. 비운의 죽음으로 인해 그는 러시아인
들의 마음에 불멸의 존재로 확고히 자리잡는다. 죽음을 맞이
하기 전 해(1836년)에 썼다는 그의 시 『기념비』는 자신의 운명
을 완벽하게 예견하고 있다.

아니, 나는 영원히 죽지 않을 테요.
성스러운 리라 안의 영혼은 내 유골보다 오래 살아남아 썩지 않을
것이니.
세상에 단 한 명의 시인이라도 살아남아 있는 한,
나는 영광스럽게 빛나리니.
푸시킨 - 『기념비』 중에서

한국인들에게도 푸시킨은 친숙한 작가다. 그의 시 『삶이 그

ЕВГЕНІЙ ОНѢГИНЪ ВЪ ПРЕДСТАВЛЕНІИ ПУШКИНА.

푸시킨이 그린 예브게니 오네긴. Eugene Onegin's portrait by Pushkin

대를 속일지라도』는 수많은 외국 명시들 중에서도 한국인들에게 가장 널리 알려진 시일 것이다. 1940년대에 백석에 의해 번역되기도 했던 이 시는 한국의 근현대사와 맞물려 큰 사랑을 받았고 오늘날까지도 한국인들에게 널리 암송되고 있다. 한국에서 최초로 대중성을 획득한 러시아 문학작품인 동시에 푸시킨을 한국에 알린 작품이기도 하다.

✺

이번에 소개하는 『눈보라』를 비롯한 총 다섯 편의 단편 소설들은 『벨킨 이야기』라는 형식을 빌어 발표된 소설들이다. 그는 1830년 볼디노 영지에서 삼 개월의 시간 동안(이 시기는 '볼디노의 가을'이라 일컬어지는 시기다.) 삼십여 편의 서정시와 몇 개의 소설들을 집필했는데, 『벨킨 이야기』 또한 이 시기에 쓰였다.

이 소설들을 통해, 그는 이야기꾼으로서의 자신의 재능을 숨김없이 펼쳐 놓는다. 복수의 화신, 낭만적 도피를 꿈꾸는 아가씨, 장의사, 말단관리, 귀족 젊은이들의 다채로운 이야기가 펼쳐지는데, 다섯 가지 이야기 모두 예상치 못한 결말로 귀결된

Уменьшенное факсимиле каррикатуры Пушкина на самого себя.

푸시킨의 원고. 그는 이처럼 작품에 등장하는 인물들을 직접 스케치하는 것을 좋아했다.

다는 사실이 놀랍다. 작가를 모르고 읽으면 21세기 작가의 작품이라고 오인할 만큼 푸시킨은 모던하고 참신한 방식으로 이야기를 풀어나간다. 예상 가능한 설정으로 시작된 이야기조차 색다르게 끝을 맺는다. 이 다섯 개의 단편들을 읽다 보면 독자분들은 자신도 모르게 실소를 머금거나, 애정어린 미소를 짓거나, 눈시울이 붉어지는 등 다양한 감정을 경험하게 될 것이다. 흔히 '작은 인간'으로 명명되곤 하는 소설 속 개개인의 몸짓들은 한마디로 사랑스럽다.

❦

푸시킨의 많은 작품들이 음악이 되었듯이, 이번 책의 표제작인 『눈보라』 또한 푸시킨 탄생 200주년을 기념해 러시아 음악가 스비리도프(Georgy Sviridov: 1915-1998)에 의해 클래식 음악으로 재창조되었다. 그중 네 번째 작품인 <올드 로망스>는 김연아 선수의 2003-2004년 시즌 쇼트 프로그램 음악으로 사용되어 한국인들에게도 잘 알려진 곡이다.

푸시킨의 삶은 비극으로 막을 내렸지만, 그가 예언한 것처럼 그의 작품들은 전 세계에서 아직까지도 사랑을 받고 있다. 그는 예술가의 불멸을 스스로 증명하고 있는 셈이다. 독자 여러분들도 이 아름다운 다섯 이야기를 통해 푸시킨 산문문학의 정수를 좀 더 쉽고 가깝게 느껴보시기를 바란다.

2020년 1월

녹색광선

한 발의 총성

Выстрел

한 발의 총성

우리는 서로를 향해 총을 쏘았다.

바라틴스키

나는 결투 법칙에 따라 그자를 총살하리라 맹세했다.

(내게는 아직 그에게 갚아줄 한 발이 남아있었다.)

『야영지에서의 저녁』

1.

우리는 ○○○지역에 주둔하고 있었다. 군 장교의 삶이란 뻔하다. 아침에는 훈련과 마술 연습, 저녁식사는 연대장의 숙소나 유대인 주점에서 해결하고, 밤에는 펀치를 마시며 도박을 한다. ○○○지역에는 손님을 초대하는 집도, 묘령의 여인들도 없었다. 우리는 자기 군복 말고는 아무것도 볼 것 없는 숙소에서 서로 돌아가며 모였다.

유일하게 군인이 아니면서 우리 모임에 속한 사람이 있었다. 나이는 서른다섯 정도였고, 우리는 그를 연장자로 대접했다. 경험이 많았으므로 그는 우리보다 여러 가지 면에서 뛰어났다. 게다가 평상시의 음울한 모습과 성마른 성격, 그리고 독설은 젊은 우리들의 마음에 강한 영향을 미쳤다.

그의 삶은 비밀스러웠고, 겉으로는 러시아인처럼 보였지만 이름은 외국식이었다. 그는 한때 경기병으로 복무했고 탁월한 실력자였다고 한다. 하지만 그가 어째서 퇴역을 했는지, 또 어쩌다 이런 초라한 마을로 흘러들어 와 가난한 형편에도 돈을 헤프게 쓰며 사는지 이유를 아는 사람은 아무도 없었다. 낡아 빠진 검정 프록코트 차림으로 항상 걸어 다녔지만 우리 연대의 장교라면 모두 그의 식사 초대를 받았다. 음식이라고 해봤자 퇴역 군인이 만든 두세 가지 요리가 다였지만 샴페인만큼은 늘 강물처럼 흘러넘쳤다. 그의 재산이나 수입을 아는 사람은 아무도 없었고, 감히 그런 질문을 하는 사람도 없었다. 그는 꽤 많은 책을 가지고 있었는데, 대부분은 군사 서적이나 소설이었다. 그는 기꺼이 책을 빌려주었고 돌려달라는 말을 절대로 하지 않았다. 대신 자기가 빌린 책 또한 그 주인에게 돌려준 적이 없었다.

그의 주된 일과는 권총 사격 연습이었다. 그의 방 벽 사방에 뚫린 총알 자국들은 벌집과도 같았다. 수집해 놓은 각양각색의 권총만이 그가 사는 초라한 토담집의 유일한 사치품이었다. 그의 사격술은 신기에 가까울 정도여서, 그가 모자 위에 배 하나를 올려놓고 쏘겠다고 하면 우리 연대에서는 누구라도 그에게 기꺼이 머리를 내주었을 터였다.

우리의 주된 화제는 결투였다. 실비오(그의 이름을 이렇게 부르겠다)는 한번도 우리 대화에 끼지 않았다. 결투해본 적이 있냐는 질문에 대해 그는 했었다고 무미건조하게 답할 뿐 결코 자세히 말하는 법이 없었는데, 그런 질문을 달가워하지 않는 것이 틀림없었다. 우리는 가공할 만한 그의 사격술에 희생당한 불행한 어떤 이로 인해 그가 양심의 가책을 받고 있는 거라고 지레짐작했다. 그가 겁쟁이 비슷한 사람일 거란 생각은 꿈에도 해본 적이 없었다. 겉모습만 봐도 그런 의심이 딱 사라지게 만드는 사람이 있지 않은가. 그런데 뜻밖의 사건이 우리 모두를 놀라게 했다.

하루는 우리 장교 열 명 가량이 실비오의 숙소에서 저녁을 먹었다. 우리는 평소와 같이 마셨는데, 이를테면 진탕 마셨다. 식사를 마친 우리는 실비오에게 도박판의 물주가 되어달라고 졸랐다. 웬만해서는 도박판에 끼지 않았던 그는 한참을 거절하다, 마침내 카드를 가져오라고 하고는 탁자 위에 금화 오십 개를 쏟아놓고 앉아서 패를 돌리기 시작했다.

우리는 그를 둘러쌌고 내기가 시작되었다. 실비오는 도박판에서 철저하게 침묵을 지키는 버릇이 있었으므로 다투거나 변명하는 일도 없었다. 상대방이 계산이라도 잘못하는 경우에는 그는 즉석에서 차액을 지불하거나 잔액을 기입해두었다. 우리는 이런 그의 습관을 익히 알고 있었기에 그가 자기 식으로 물주 노릇을 하도록 내버려두었다.

그런데 이 도박판에 얼마 전 우리 연대로 전역한 장교 한 명이 끼여 있었다. 그가 내기 중에 무심코 카드 모서리 한쪽을 접었다(이는 돈을 두 배로 걸겠다는 뜻이다 – 옮긴이). 실비오는 자기 방식대로 분필을 들고 액수를 고쳐 썼다. 장교는 실비오가 잘못 생각한 거라고 판단해 한참을 설명했으나, 실비오는 말없이 계속해서 패만 돌렸다. 더 이상 분을 참지 못한 장교는 지

우개를 들고서 터무니없다고 생각되는 숫자를 지워버렸다. 그러자 실비오가 분필을 들고 다시 기입했다. 포도주와 도박, 동료들의 웃음소리에 화가 난 장교는 끔찍한 모욕을 받았다는 생각에 격분한 나머지 탁자에서 무거운 놋쇠 촛대를 집어 들어 실비오를 향해 내던졌고 그는 간신히 몸을 피했다. 우리는 간이 콩알만 해졌다. 분노로 안색이 하얗게 질린 실비오가 눈을 번뜩이며 말했다.

"장교 나리, 나가주시오. 그리고 이 일이 내 집 안에서 벌어졌다는 것을 신께 감사하시오."

우리는 장차 일어날 일을 믿어 의심치 않았고 새로 온 동료를 이미 저 세상 사람으로 치부했다. 장교는 물주 나리가 하시자는 대로 언제든 이 모욕을 갚아줄 준비가 되어 있다고 말하고는 집 밖으로 나가버렸다. 내기는 몇 분 더 계속되었다. 하지만 우리는 집주인이 게임할 기분이 아니라는 걸 눈치채고서 하나둘씩 자리에서 일어났고, 추후 발생할 결원에 대해 얘기하며 각자의 숙소로 흩어졌다.

다음날 아침 승마 연습장에서 그 가엾은 중위가 아직도 산목숨일까를 서로 물어보고 있었을 때, 당사자가 우리 앞에 나타났다. 우리는 장교에게 같은 질문을 던졌고, 그는 실비오로부터 아직 어떠한 기별도 받은 바가 없다고 답했다. 우리는 깜짝 놀랐다. 우리가 실비오의 집에 갔을 때 그는 밖에서 대문에 붙여놓은 에이스 카드 위에 뚫린 총알 자국을 겨냥해 연신 총을 쏘고 있었다. 그는 평소와 같이 우리를 맞았고 어젯밤의 사건에 대해서는 일언반구도 없었다. 사흘이 지났는데도 그 중위는 여전히 살아 있었다. 놀란 우리는 실비오가 정말로 결투할 생각이 없는 것인지 서로에게 묻곤 했다. 실비오는 결투를 하지 않았다. 그는 아주 가벼운 변명에 만족하고는 중위와 화해해버렸다.

이 일로 인해 젊은이들 사이에서 그에 대한 평판은 최악으로 치달았다. 용맹이야말로 인간의 최고 미덕이자 어떠한 악행도 용서하는 것이라고 보았던 청년들에게, 용기 부족은 가장 용서받기 어려운 일이었던 것이다. 그러나 모든 사태는 서서히 잊히고 실비오는 다시 과거의 영향력을 되찾았다.

오직 나 혼자만이 그와 다시 친밀해질 수 없었다. 소설 같은 상상력을 타고났던 나는 인생 자체가 수수께끼와도 같은 사람, 그래서 비밀로 점철된 어떤 주인공 같은 바로 그런 사람에게 누구보다 끌리곤 했다. 그는 나를 아꼈고, 적어도 나와 같이 있을 때면 늘 입에 달고 있던 신랄한 독설을 멈추고 소탈하게, 그리고 평소와 달리 쾌활하게 이런저런 이야기를 했다. 하지만 그 불행한 밤 이후로 그의 명예는 실추되었다. 그렇게 오점을 남긴 것은 전적으로 그의 잘못이라는 생각이 내 머릿속을 떠나지 않았기에, 나는 그를 이전처럼 대하기가 쉽지 않았다. 그를 쳐다볼 때면 마음이 불편했다. 실비오는 총명한 데다 경험도 풍부했기에, 이런 사실을 눈치챘고 그 이유 또한 알아차렸다. 그는 상심이 컸던 것 같다. 적어도 두세 번 정도 그가 내게 해명하고 싶어 한다고 느꼈지만 나는 그런 상황을 피했고 실비오도 결국 내게서 물러섰다. 그 이후로 나는 동료들과 동석하는 자리에서만 그를 만났고 전과 같이 터놓고 대화하는 일도 없게 되었다.

정신을 빼놓고 사는 수도의 분주한 사람들은 시골이나 소도시 사람들이라면 익히 알고 있는 기분을 이해하지 못한다. 가령, 우편물이 도착하는 날을 기다리는 마음 같은 것 말이다.

화요일과 금요일이 되면 우리 연대의 본부는 장교들로 북적
댄다. 송금이나 편지, 신문을 기다리는 것이다. 소포는 으레
그 자리에서 풀어보고 새로운 소식도 바로 퍼져 나간다. 그렇
게 본부의 가장 활기찬 풍경이 펼쳐진다. 실비오도 우리 연대
를 주소지로 하여 편지를 받았기 때문에 이곳에 오는 게 일
과였다. 어느 날 편지가 한 통 도착했고, 그는 극히 초초한 기
색으로 봉인을 뜯었다. 편지를 훑어 내리는 그의 눈빛은 이글
거렸다. 장교들은 다들 자기 편지 읽기에 바빠서 이런 그를 보
지 못했다.

"여러분."

실비오가 그들에게 말했다.

"급한 용무로 이곳을 떠나야 합니다. 오늘 밤에 출발할 예정입
니다. 내 집에서 하는 마지막 식사를 거절하지 않으셨으면 합
니다. 여러분을 기다리겠습니다."

그리고 그가 나를 쳐다보며 말을 이었다.

"당신을 기다리겠소. 꼭 오시오."

이 말을 마친 뒤 그는 황급히 나갔다. 우리는 실비오의 집에서
모이기로 합의하고 제 갈 길로 흩어졌다.

약속 시간에 맞춰 실비오의 집에 가니 연대 사람들이 거의 다 와 있었다. 벌써 짐을 다 꾸려놓아 남은 것이라고는 총알 자국이 수두룩한 휑뎅그렁한 벽뿐이었다. 우리는 식탁에 앉았다. 집주인 실비오는 최고로 기분이 좋았고 그의 쾌활함은 곧 손님들에게도 퍼졌다. 술병 뚜껑이 쉴 틈 없이 열렸고 잔마다 거품이 흘러넘쳐 쉬쉬거리는 소리가 그치지를 않았다. 우리는 갖은 노력을 다하여 길 떠나는 사람의 안전과 넘치는 행운을 기원하였다. 밤이 늦어서야 우리는 자리에서 일어났다. 다들 자기 모자를 찾아 쓰는 동안 손님들과 작별인사를 하던 실비오는 내가 막 나가려는 순간, 내 손을 잡고 멈춰 세웠다.

"할 얘기가 있소."

그가 조용히 말했다. 나는 그 자리에 남았다.

손님들은 떠났다. 우리는 단둘이 남아 서로 얼굴을 마주보고 앉아 말없이 파이프를 피워 물었다. 실비오는 편치 않은 안색이었다. 조금 전의 발작적인 쾌활함은 흔적조차 없었다. 음울하고 창백한 얼굴, 번뜩이는 눈동자와 입에서 내뿜는 자욱한 담배 연기 때문에 그는 진짜 악마 같았다. 몇 분이 흐른 후 실비오가 말문을 열었다.

"우리는 앞으로 다시 만나기는 어려울 거요."

그가 내게 말했다.

"헤어지기 전에 당신에게 해명하고 싶은 일이 있소. 내가 타인의 의견을 하찮게 여긴다는 것쯤은 당신도 알 테지. 하지만 당신을 아끼기 때문에 당신에게 그릇된 기억을 남기고 떠나면 내 맘이 괴로울 거요."

말을 멈추더니 그는 다 타버린 파이프에 새 담배를 채우기 시작했다. 나는 시선을 아래로 향한 채 침묵했다.

"당신은 이상하다고 생각했을 거요."

그는 말을 이었다.

"지난번 내가 술 취한 망나니 같은 R○○○중위에게 결투를 신청하지 않았던 일 말이오. 내가 무기 선택권을 가졌으니 그의 목숨은 내 손아귀에 달려 있고 나는 안심해도 되는 상황이었다는 것은 당신도 동의할 거요. 내가 관대한 사람이라 참았던 거라고 해 둘 수도 있소만 거짓말을 하고 싶지는 않소. 만일 내가 털끝만큼도 생명의 위협을 받지 않고 R○○○중위를 벌할 수 있었다면 결단코 나는 그자를 용서하지 않았을 거요."

나는 깜짝 놀라서 실비오를 쳐다보았다. 나는 그의 고백에 어안이 벙벙해졌다. 실비오는 계속했다.

"그 말 그대로요. 내게는 목숨을 함부로 내던질 권리가 없소. 6년 전에 나는 따귀를 맞았고, 그 원수가 아직 살아 있기 때문이오."

나의 호기심이 꿈틀거렸다.

"그 원수와 결투를 하지 않았단 말인가요?" 내가 물었다. "사정이 있어서 헤어지게 된 거로군요?"

"나는 그자와 결투했소."

실비오가 대답했다.

"이게 바로 우리 결투의 기념물이오."

자리에서 일어난 실비오는 종이 상자에서 황금빛 태슬과 끈 장식이 달린 빨간 모자(프랑스인들은 경찰모bonne de police라 부른다)를 꺼냈다. 그러고는 모자를 써보였는데, 이마에서 일 베르쇼크(러시아 단위로 4cm 정도 – 옮긴이) 떨어진 곳에 총구멍이 나 있었다.

"당신도 알다시피."

실비오는 말을 이었다.

"나는 ○○○지역의 경기병 연대에서 복무했었소. 내 성격은
당신도 익히 알잖소. 나는 맨앞에 서는 것에 익숙했고, 이건 젊
어서부터 내가 갈망해왔던 것이오. 우리 땐 난폭한 게 멋이었
고 나는 우리 연대 최고의 무법자였소. 우리는 폭음을 자랑하
기 바빴고, 나는 데니스 다비도프가 칭송한 그 유명한 부르초
프보다도 술이 셌지.(낭만주의 시인 D. 다비도프(1784-1839)는 술
과 도박으로 유명했던 동료 장교 부르초프를 칭송하는 시를 세 편 남겼
다 - 옮긴이) 우리 연대에서 결투는 하루 일과이다시피 했고, 나
는 직접 나서거나 입회인으로 모든 결투 자리에 참석했소. 동
료들은 나를 받들었지만 수시로 교체되던 연대장들은 하나같
이 나를 필요악으로 취급했지.

내가 맘 편히(아니면 불안한 마음으로) 내 명성에 취해 있을
무렵, 우리 연대에 부유한 명문 귀족 자제가 배속되어 왔소. 그
토록 빛나는 행운아는 생전 처음 봤소! 젊음, 총기, 잘생긴 얼
굴, 흘러넘치는 유쾌함, 무턱대고 부릴 수 있는 용기, 유명세,
셀 수 없을 만큼 많고 써도 써도 바닥나지 않을 만큼의 돈을
상상해보시오. 이런 사람이 우리에게 끼치고도 남았을 영향력

을 상상해 보란 말이오.

내 일등 자리는 흔들렸소. 내 명성에 끌린 그는 나와 친해질 기회를 엿봤지만 나는 그를 차갑게 대했소. 그러자 그는 일말의 아쉬움도 없이 내게서 물러서더군. 나는 그자가 미워졌소. 연대 안에서 그리고 여인들 사이에서 이룬 그의 성공은 나를 처절한 절망의 구렁텅이로 몰아넣었지. 나는 그와 다툴 빌미를 찾기 시작했소. 내가 풍자시를 던지면 그도 풍자시로 답했는데 내 시보다 더 기발하고 신랄하고 또 당연하게도 비할 데 없이 유쾌했지. 그는 장난삼아 쓴 거고 나는 분노로 가득 차 썼으니 말이오.

하루는 폴란드인 지주 댁에서 무도회가 열렸는데 여인네들이 전부 다, 게다가 나랑 염문이 있었던 그 댁 안주인마저 유독 그에게만 신경 쓰고 있는 걸 보았소. 나는 그의 귀에 대고 입에 담기 어려운 쌍욕을 지껄였지. 발끈한 그가 내 따귀를 갈기더군. 우리는 군도를 뽑아 들었소. 여인들은 기절했고 사람들은 우리를 밖으로 끌고 나갔지. 바로 그날 밤 우리는 결투하러 갔소.

동틀 무렵이었소. 나는 입회인 세 명과 같이 약속 장소에 가 있었소. 말로 다 하기 힘들만큼 초조한 심정으로 내 적수를 기다리고 있었지. 해가 떴는데 일찌감치 봄볕의 온기가 내리쬐더군. 그가 저 멀리 오는 게 보였소. 그는 군복 차림에 군도를 차고 있었고 입회인 한 명과 함께 걸어왔소. 우리는 그에게로 마주 걸어갔소. 체리가 한가득 든 군모를 손에 들고 그가 다가오더군. 입회인들은 열 두 걸음을 재고 나서 양 끝에 우리를 세웠소. 내가 먼저 쏘기로 했지만 극심한 분노가 치밀어서 목표물을 정확히 맞힐지 확신할 수 없었지. 분노를 삭일 시간을 벌기 위해 나는 그에게 첫 발을 양보했소. 내 적수는 동의하지 않았지. 제비뽑기를 하게 되었는데 영원한 행운아인 그에게 우선권이 가더군. 그가 겨눈 총구는 내 군모를 관통했지.

내 차례가 되었소. 그의 목숨이 드디어 내 손아귀에 들어온 거요. 나는 그가 일말의 동요라도 내비치는지 보려고 뚫어져라 쳐다봤소... 그런데 내가 총을 겨누고 있는데도 그는 모자에서 잘 익은 체리를 골라 먹으며 내가 있는 데까지 닿을 만큼 씨를 멀리 뱉질 않겠소. 태연한 그자의 기색을 보고 있자니 미쳐버리겠더군. 티끌보다도 목숨을 중히 여기지 않는 작자의 생명을 빼앗은들 내가 얻을 게 뭔가 하는 생각이 들었소. 그때 못된 생각이 내 머릿속에 떠올랐소. 나는 총을 거두었소.

보아하니, 당신은 지금으로선 죽을 여력도 없는 것 같군.

나는 그에게 말했소. 아침 식사 계속 하시오. 난 식사를 방해하고 싶은 마음은 전혀 없소...

방해라니요. 그럴 리가. 그가 응수했소. 내키는 대로 쏘시오. 당신에게는 내게 쏠 한 발이 남아 있으니 언제든 당신 뜻을 따르도록 하겠소.

나는 입회인들에게 가서 지금은 총을 쏠 뜻이 없다고 밝혔고, 결투는 이렇게 끝이 났소.

그 후로 나는 전역하고 이곳으로 떠나 왔소. 그때부터 단 하루도 복수를 생각하지 않은 날이 없었소. 바야흐로 그날이 온 거요...”

실비오는 주머니에서 아침에 받은 편지를 꺼내어 내게 읽어보라고 건넸다. 누군가(실비오의 대리인인 듯 했다) 모스크바에서 보낸 편지인데 모 인물이 곧 있으면 젊고 아름다운 여성과 결혼식을 올린다는 소식이었다.

“짐작이 가실 테지.”

실비오가 말했다.

"모 인물이 누군지 말이오. 모스크바로 갈 거요. 일전에 그자가 체리를 먹으면서 죽음을 기다렸던 것처럼 자기 결혼식을 앞두고도 그렇게 태연하게 죽음을 받아들일지 어디 한 번 두고 보겠소!"

이 말을 하고 나서 실비오는 자리에서 일어나 자기 군모를 바닥에 내팽개치고는 우리 안에 갇힌 호랑이처럼 방안을 어슬렁거렸다. 나는 꼼짝 않고 그의 말을 들었는데 기묘하고도 상충되는 감정이 교차했다.

하인이 들어와 말이 준비되었다고 알렸다. 실비오는 내 손을 꼭 잡았고 우리는 작별의 키스를 했다. 그는 짐마차에 올라탔다. 마차에는 트렁크 두 개가 실려 있었는데, 하나에는 권총이, 다른 하나에는 가재도구가 들어 있었다. 우리는 재차 작별 인사를 나누었고 말들은 질주하기 시작했다.

2.

몇 년 후, 나는 집안 사정상 N○○현의 가난한 시골 마을로 거처를 옮겨야 했다. 영지 일을 보면서도 나는 떠들썩하고 근심 걱정 없이 살았던 옛 시절을 떠올리며 늘 소리 없이 한숨지었다. 제일 힘들었던 건 홀로 가을밤과 겨울밤을 보내는 일이었다. 저녁 식사 전까지는 촌장과 얘기도 하고, 일터 이곳저곳을 살피러 다니거나 새로 지은 건물을 둘러보기도 하면서 어떻게든 시간을 보낼 수 있었다. 그러나 땅거미가 지기 시작하면 무엇을 해야 할지 알 수 없었다. 찬장과 헛간에서 발견한 몇 권 안 되는 책은 하도 읽어서 줄줄 외울 정도였다. 하녀 키릴로브나가 외우고 있는 이야기들은 수천 번도 더 들었다. 농부 여인네들의 노래를 들으면 마음이 울적해졌다. 집에서 만든 달지 않은 과실주를 마셔보려고도 했지만 마시고나면 머리만 아팠다.

고백하건대, 나는 '불행으로 인한 술꾼'이 되는 게 두려웠다. 그러니까 우리 현에서 많이 보이던 그 구제불능의 술꾼 말이다. 내 주변에는 두서넛의 구제불능의 술꾼 말고는 이웃사촌조차 없었는데, 주정뱅이들과 나누는 대화는 대부분이 딸꾹

질과 한숨 소리로 채워졌다. 혼자 있는 편이 차라리 더 견딜 만했다.

우리 집에서 사 베르스타(1베르스타는 1.067km - 옮긴이) 정도 떨어진 곳에 B○○○백작 부인 소유의 부유한 영지가 있었다. 그곳에는 관리인만 살고 있었는데 백작 부인은 결혼한 첫해에 딱 한 번 왔으며 그것도 한 달을 채 머물지 않았다. 내가 벽촌에 처박혀 산 지 이 년째 되던 봄, 백작 부인이 남편과 함께 시골 영지에 와서 여름을 날 거라는 소문이 파다했다. 정말로 이들 부부는 6월초에 도착했다.

부유한 이웃의 왕림은 시골 사람들에게 대대적인 사건이었다. 지주들과 하인들이 두 달 전부터 그리고 삼 년이 지나서도 이 일을 얘기할 정도로 말이다. 나 역시도 고백하건대, 젊고 아름다운 여성이 이웃으로 온다는 소식에 많이 들떴던 게 사실이다. 그녀를 만날 날을 애타게 기다리며 안달하던 나는 그녀가 여기 온 후 첫 번째 일요일에 식사를 마친 뒤 ○○○마을로 향했다. 백작 내외에게는 가까운 이웃이자 충실한 종복이라고 내 소개를 할 참이었다.

하인이 나를 백작의 서재로 안내한 후 내가 왔다는 소식을 알리러 갔다. 널찍한 서재에는 호화로운 장식이 즐비했고 벽면을 다 채운 책장마다 청동으로 만든 흉상이 놓여 있었다. 대리석 벽난로 위에는 커다란 거울이 걸려 있었고 펠트지를 덮은 녹색 바닥에는 양탄자가 깔려 있었다. 초라한 집에서 사치와는 거리가 먼 생활을 하며 한동안 타인의 풍족한 삶을 접하지 못했던 나는 주눅이 들었고, 그래서 마치 시골서 와서 장관이 출두하기를 기다리는 청원인처럼 백작을 기다리는 것이 어쩐지 두려웠다.

문이 열리고 서른 두엇 정도 된 훤칠한 남자가 들어왔다. 백작은 격의 없고 친근한 태도로 내게 다가왔다. 내가 애써 용기를 내 통성명하려고 하던 차에 그가 먼저 인사를 건넸다. 우리는 자리에 앉았다. 편안하고 정감 있는 그의 말솜씨는 촌사람같이 부끄러웠던 내 기분을 금세 풀어주었다. 내가 평소의 안정을 되찾으려는 찰나에 갑자기 백작 부인이 들어왔고 나는 아까보다 훨씬 더 당황했다. 그녀는 정말 미인이었다. 백작이 나를 소개했다. 나는 편안해 보이고 싶었지만, 자연스러운 척하면 할수록 더 어색해지기만 했다. 그들은 내가 마음을 가다듬고 새로운 친교에 익숙해질 시간을 갖도록, 나를 친밀한 이웃처럼 격의 없이 대하면서 둘이서 이야기를 나누기 시작했다.

그 사이 나는 책과 그림들을 구경하며 이리저리 걸어 다녔다. 그림에 대해 잘 몰랐지만, 그중 한 폭의 그림이 나의 관심을 끌었다. 스위스 풍경이 담긴 그림이었다. 그러나 정작 내가 놀라서 본 것은 그림 속 풍경이 아니라, 그림 속에 난 두 발의 총알 자국이었다. 한 발을 다른 한 발 위에 겹치게 쏘아 관통한 모양새였다.

"정말 제대로 쐈군요."

백작을 향해 내가 말했다.

"맞소."

그가 대답했다.

"기가 막힌 기술이오. 당신도 사격솜씨가 좋으시오?" 그가 말을 계속했다.

"제법 쏘는 편입니다."

나는 드디어 내가 잘 아는 화제가 대화 주제로 오른 것에 흡족해하며 대답했다.

"삼십 보 거리에서도 카드 한 장은 단번에 맞출 겁니다. 물론 손에 익은 총으로 쏠 때 말입니다만."

"정말이세요?"

백작 부인이 큰 관심을 보이며 말했다.

"그럼 여보, 당신도 삼십 보 거리에서 카드를 맞출 수 있어요?"

"우리 언제 한번 해보십시다."

백작이 대답했다.

"나도 한창때는 잘 쏘는 편이었지만, 총을 안 잡은 지가 벌써 사 년째라오."

"아."

하고 나는 말했다.

"그럴 경우, 내기를 하셔도 좋습니다만, 각하는 이십 보 거리에서도 카드를 맞히지 못하실 겁니다. 사격 연습은 매일 해야 하거든요. 경험해봐서 압니다. 우리 연대에서 저는 명사수 축에 들었는데, 한번은 권총을 수리하느라 한 달 내내 총을 손에 잡지 못한 적이 있습니다. 어땠을 것 같으세요, 각하? 수리를 마치고 처음으로 사격했을 때, 이십오 보 거리에서도 연거푸 네 번이나 유리병을 맞추지 못했답니다. 우리 연대에 재담

가에다 익살꾼인 대위가 하나 있었는데 마침 그 자리에서 이런 저를 보고는 말했죠. 이보게, 보아하니 자네 손이 술병에 펀치를 날릴 생각이 없구먼. 각하, 연습이란 걸 가볍게 보시면 안 됩니다. 연습을 안 하면 바로 기량이 떨어집니다. 제가 만난 사람 중에 제일가는 명사수는 날마다 연습을 했는데 저녁 식사 전에 최소 세 번은 쐈어요. 반주 한 잔처럼 몸에 익은 습관이었답니다."

말문이 터진 나를 보며 백작 부부는 기뻐했다.

"그 명사수가 그렇게 연습한 결과가 어느 정도였소?"

백작이 내게 물었다.

"그러니까 말씀입니다, 각하. 파리 한 마리가 벽에 앉아 있는 게 그의 눈에 띄기라도 하는 날에는 말이지요. 백작 부인께서는 웃으시는군요. 참내, 정말이라니까요. 파리를 보면 그가 쿠지카, 권총! 하고 소리칩니다, 그러면 쿠지카가 그에게 장전된 총을 가져다주죠. 그러고는 탕! 하는 소리와 함께 파리가 벽에 납작하게 눌러붙어버리죠."

"대단하군요!"

백작이 말했다.

"그 사람 이름이 무엇이었소?"

"실비오였습니다. 각하."

"실비오라니!"

백작은 외마디 소리를 지르며 자리에서 펄쩍 뛰어올랐다.

"실비오를 안다는 말이오?"

"알다마다요, 각하. 친한 사이였는걸요. 우리 연대에서는 다들 그를 형제이자 동료처럼 대했습니다. 그러고 보니 벌써 오 년 가까이 그 사람 소식을 듣지 못했군요. 그러니까 각하도 실비오를 아신다는 말씀입니까?"

"압니다. 그것도 아주 잘 알지요. 그자가 당신에게 아무 얘기하지 않았소...? 아니, 말했을 리 없을 테지... 혹시 그자가 아주 기이한 사건을 하나 말해준 적 없소?"

"각하, 혹시 따귀 얘기 아닙니까? 무도회에서 어떤 불한당한테 뺨 맞았다는?"

"그럼 그자가 그 불한당의 이름도 말해주던가요?"

"아뇨, 각하. 얘기 없었습니다... 아! 각하!"

진상을 알아차리고서 나는 계속했다.

"죄송합니다... 제가 미처 몰랐습니다... 그렇다면 백작님이 바로?..."

"내가 그랬소."

백작은 몹시 심란한 표정으로 답했다.

"총알 자국 박힌 저 그림이 우리의 마지막 만남을 기념하는 물건이오..."

"아아, 여보."

백작 부인이 말했다.

"제발 말씀 마세요. 듣기만 해도 무서운 걸요."

"아니."

백작이 반박했다.

"전부 다 말하겠소. 이분은 내가 친구 분을 얼마나 모욕했는지에 관해 알고 계시오. 그러니 실비오가 내게 어떻게 복수했는지도 알려줍시다."

백작은 안락의자를 밀어 내게 권했고 나는 궁금증으로 몸살을 앓으며 다음과 같은 이야기를 들었다.

"나는 오 년 전에 결혼했소. 첫 달, 그러니까 허니문을 여기 이 시골에서 보냈소. 이 집은 내게 있어 인생 최고의 순간을 보낸 곳이자 가장 고통스러운 추억이 서린 곳이오.

하루는 저녁에 아내와 같이 말을 탔소. 어쩐 일인지 아내가 탄 말이 고집을 피우며 말을 듣지 않았고, 겁을 먹은 아내는 말에서 내려 내게 고삐를 넘기고 걸어서 집으로 갔소. 내가 먼저 집에 도착했지. 집 밖에 여행 마차가 서 있는 것이 보였소. 내 서재에 이름을 밝히지 않는, 그저 내게 볼일이 있다고만 말하는 손님이 와 있다고 합디다. 방에 들어가니 어둠 속에서 먼지 투성이에다가 턱수염이 덥수룩하게 자란 한 남자가 보였소. 그 사람은 여기 벽난로 옆에 서 있었지. 나는 그자가 누군지 기억하려고 애쓰면서 옆으로 다가갔소.

날 못 알아보겠나? 백작 나리?

그가 떨리는 목소리로 말했소.

실비오!

나는 비명을 질렀소. 고백하건대 그 순간 머리카락이 쭈뼛해졌소.

정확해.

그가 말을 계속했소.

내게 아직 남은 한 발이 있잖나. 내 총에 남아 있던 그 한 발을 쏘려고 왔소. 준비는 되었겠지?

권총은 그의 호주머니 한쪽으로 비죽이 나와 있었소. 나는 열두 걸음을 잰 후 그에게 아내가 도착하기 전에 빨리 쏘라고 부탁하면서 저쪽 구석에 가 서 있었소. 그는 시간을 끌었소. 불을 달라고 하더군. 나는 촛불을 가져다주었소. 그리고 문을 잠그면서 아무도 들어오지 말라고 명한 뒤 다시 그에게 쏘라고 요청했소. 그가 총을 꺼내더니 날 겨누더군... 나는 초 단위로 숫자를 셌소... 아내를 생각했지... 무시무시한 일 분이 흘렀소! 실비오는 총을 거두었소.

유감이로군.

그가 입을 열었소.

내 권총을 체리 씨로 장전해오지 않았으니... 총알은 무겁기만 하군. 결투를 하는 게 아니라 살인을 하고 있다는 생각이 계속 맴도는군. 나는 무장하지 않은 사람을 겨누는 데 익숙하지 않소. 처음부터 다시 시작하지요. 제비를 뽑아 누가 먼저 쏠지를 정합시다.

나는 머리가 어지러웠소... 나는 동의하지 않았던 것 같소... 그러다 결국 우리는 권총 한 자루를 더 장전하게 되었소. 그가 종이 두 장을 접더니, 일전에 내가 총탄 자국을 냈던 모자에 넣었소. 나는 한 장을 뽑았소.

백작 나리, 당신은 징그럽게도 운이 좋군.

이 말을 하면서 그는 일그러진 얼굴로 웃었는데 나는 그 웃음을 평생 잊지 못할 거요. 내게 무슨 일이 벌어졌는지, 그리고 그자가 무슨 수를 써서 나를 그렇게 조종했는지 이해가 가지 않소... 하지만 나는 쏘았고 바로 저 그림을 맞추었소."

(백작은 손가락으로 총알 자국이 난 그림을 가리켰다. 그의 얼굴은 불꽃처럼 이글거렸고 백작 부인의 얼굴은 그녀가 걸친 숄보다 더 하얗게 질려 있었다. 나는 터져나오는 탄성을 참을 수 없었다.)

"나는 쏘았소."

백작이 이어서 말했다.

"그리고 다행히도 빗나갔소. 그때 실비오가... (그 순간 진정으로 그가 두려웠소) 실비오가 나를 향해 총구를 겨누는 거요. 갑자기 방문이 열렸소. 마샤가 뛰어 들어오더니 비명을 지르며 내 목에 매달렸소. 그녀의 등장으로 인해 나는 완전히 용기를 되찾았지요.

여보.

나는 그녀에게 말했소.

우리가 장난치고 있는 게 안 보이오? 완전히 겁에 질렸구려! 가서 물 한 잔 마시고 와요, 내 옛 친구이자 동료를 소개할 테니.

그래도 마샤는 내 말을 여전히 믿으려 하지 않았소.

그이가 하는 얘기가 다 맞나요? 말씀해주세요.

그녀가 험악한 표정의 실비오를 향해 말했소. 두 분 다 장난으로 그러시는 것이 틀림없는 건가요?

남편 분은 늘 장난을 칩니다, 백작 부인.

실비오가 그녀에게 대답했소.

한번은 장난삼아 제 따귀를 치더니, 여기 이 모자엔 장난삼아 총알 자국을 냈고, 지금도 장난삼아 저를 비껴 쏘았습니다. 이쯤 되니 저도 장난을 치고 싶어집니다만... 이 말을 하면서 그는 나를 향해 총구를 겨누려고 했지요... 그녀의 눈앞에서 말입니다! 마샤는 그의 발밑에 무릎을 꿇었습니다.

일어나요. 마샤, 부끄럽지도 않소!

나는 격분해 소리쳤지요. 이 양반아. 가엾은 여자를 웃음거리로 만들어야 속이 시원하겠나? 쏠 건가 말 건가?

쏘지 않겠네.

실비오가 대답했소.

나는 만족하오. 당신이 당황하고 겁먹는 모습을 본 걸로 만족해. 당신이 나를 쏘게 만들었으니 이걸로 되었소. 나를 기억할 테지. 당신의 양심에 당신을 맡기겠소.

그는 이렇게 말하고 곧바로 나가려 하다가 문가에 멈춰 서더니, 내가 총을 쏜 그림을 힐끗 쳐다본 후 조준도 하지 않고 총을 쏘고는 사라졌소. 아내는 기절했고 종복들은 그를 붙잡을 생각도 못한 채 공포에 떨며 그를 지켜보고만 있었소. 그는 현관으로 나가 지나가는 마부를 불러 세운 뒤, 내가 미처 정신을 차리기도 전에 떠나버렸소."

백작은 말문을 닫았다. 이리하여 나는 예전에 내게 그토록 강렬한 인상을 남겼던 이야기의 첫머리가 어떻게 매듭지어졌는지 알게 되었다.

그 이야기의 주인공과는 다시는 만나지 못했다. 들리는 말에 의하면, 실비오는 알렉산드로스 입실란티스가 반란을 일으켰을 때 비밀 결사 부대를 이끌었으며 스쿨레니 전투에서 전사했다고 한다.

눈보라

Метель

눈보라

말들이 언덕을 질주하며
수북이 쌓인 눈을 짓이기고 가는 길...
저기 한편에 덩그러니 서 있는
교회당이 보인다.
....
갑자기 사방에 휘몰아친 눈보라
함박눈 되어 쏟아지고
검은 까마귀 날갯짓 소리
썰매 위를 맴돌며 들려오는데
슬픔을 점치는 울음소리가 맞구나!
마음이 급해진 말들은
저 멀리 어둠을 날카롭게 응시한다.
갈기를 한껏 곤두세운 채...
쥬콥스키

우리 기억에 아로새겨진 시절인 1811년이 끝나갈 무렵, 네나라 도보 마을 영지에는 사람 좋은 지주 가브릴라 가브릴로비치 R○○이 살고 있었다. 근방에서 손님 접대 잘하고 친절하다고 소문이 자자한 사람이었다. 이웃들은 수시로 그의 집에 드나들어 먹고 마시며 지주의 부인과 오 코페이카를 걸고 보스톤 게임을 하곤 했다.

어떤 이들은 그 집 딸인 늘씬하고 창백한 얼굴의 열일곱 살 난 처자 마리야 가브릴로브나를 보기 위해 드나들기도 했다. 부유한 신붓감으로 알려졌기에 많은 이들이 그녀를 자기 신붓감이나 며느릿감으로 점찍어두었던 것이다.

마리야 가브릴로브나는 프랑스 소설을 읽으며 자랐기에 사랑에 빠지는 것은 당연한 수순이었다. 그녀가 고른 상대는 휴가차 고향에 내려와 있던 가난한 육군 소위보였다. 청년 역시 똑같은 열정으로 불타고 있었음은 당연지사였고, 둘의 사랑을 눈치챈 처녀의 부모가 딸에게 청년을 단념하라고 말하며 그를 퇴직한 법원 서기보다도 더 푸대접하였던 것 또한 당연지사였다.

우리의 연인들은 서신 교환을 하면서도 날이면 날마다 소나무

숲이나 오래된 예배당 옆에서 단둘이 만났다. 거기서 그들은 서로에게 불멸의 사랑을 맹세하거나 운명을 한탄하였고 온갖 계획을 세워보곤 했다. 이런 식으로 편지를 주고받고 대화를 나누면서 그들은 (지극히 자연스럽게도) 다음과 같은 추론에 다다르게 되었다. 우리가 상대방 없이 단 일 초도 숨을 쉴 수 없다면, 부모님의 잔인한 뜻이 우리 행복을 방해한다면, 그 뜻을 거스르고 살면 안 될까? 당연히, 이런 행복한 생각은 청년의 머릿속에 먼저 떠올랐는데 마리야 가브릴로브나의 연애 소설 같은 상상력에도 딱 들어맞았다.

겨울이 되면서 그들의 데이트는 끝이 났지만 서신 교환은 더 활발해져만 갔다. 블라디미르 니콜라예비치는 그녀에게 편지를 쓸 때마다, 자기를 전적으로 믿고 몰래 결혼한 후에 얼마간 숨어 살다가 부모님의 발아래 엎드리자고 애원했다. 그러면 부모님은 결국 연인들의 영웅적인 지조와 불행에 감동한 나머지 그 자리에서 얘들아! 우리 품에 안기거라!라고 말하기 마련이라는 것이었다.
마리야 가브릴로브나는 한동안 갈피를 잡지 못했고, 덕분에

도주 계획은 폐기되기 일쑤였다. 그러다 마침내 그녀도 같은 생각에 이르렀다.

약속한 날 그녀는 저녁을 먹지 않고 머리가 아프다는 핑계를 대고 자기 방에 가 있기로 했다. 하녀와는 사전에 모의가 되어 있었다. 둘 다 뒷문을 통해 안뜰로 나간 후 안뜰 너머 준비된 썰매를 타고 네나라도보에서 오 베르스타 떨어진 자드리노 마을로 가서, 블라디미르가 기다리고 있을 교회당에 곧바로 들어가는 것이었다.

결단의 그날이 오기 전날 밤, 마리야 가브릴로브나는 밤새 한숨도 못 잤다. 짐을 싸면서 그녀는 속옷과 옷가지도 챙겼고 감상적인 여자친구에게 기나긴 편지 한 통을 썼으며, 다른 한 통은 부모에게 썼다. 그녀는 가장 감동적인 문구를 써서 부모에게 작별을 고한 뒤 불가항력적인 열정의 힘으로 인해 이렇게 할 수밖에 없는 자신을 용서해달라고 빌었고, 세상에서 가장 소중한 부모님의 발아래 엎드릴 날이 인생 최고의 축복받은 순간이 될 거라고 생각한다는 말로 편지를 끝맺었다.

마리야 가브릴로브나는 편지 두 통을 불타는 두 개의 하트 문양과 그에 어울리는 글귀가 새겨진 툴라제(製) 봉인으로 밀봉한 뒤, 동틀 무렵에야 가까스로 침대로 가 잠들었다.

그런데 악몽이 시시각각 그녀를 깨웠다. 혼인식에 가려고 썰매에 타자마자 아버지가 그녀를 멈춰 세우더니 몹시 빠른 속도로 눈밭 위로 끌고 가 캄캄한 나락에 내팽개치는 것이었다... 이루 말할 수 없을 정도로 답답함을 느끼다 숨이 멎어버린 그녀는 바닥으로 곤두박질쳤다. 창백한 얼굴의 블라디미르가 피범벅이 된 채 풀밭 위에 누워있는 모습도 보였는데, 그는 죽어가면서 찢어지는 목소리로 결혼을 서두르자고 애원했다... 또 다른 흉측하고 뜻 모를 환영이 눈앞에서 차례로 스러져갔다. 마침내 그녀는 잠에서 깨어났는데 평상시보다 더 창백했고, 진짜로 머리가 아팠다. 아버지와 어머니는 그녀의 번민을 알아차렸다.

자상한 부모님이 근심스런 표정으로 마샤(마리야 가브릴로브나의 애칭), 얘야, 무슨 일이냐? 너 어디 아픈 건 아니니?라고 연신 묻자 그녀의 심장은 갈가리 찢어졌다. 그녀는 부모님을 안심시키려고 쾌활한 척했지만 뜻대로 되지 않았다.

저녁이 되었다. 그녀의 마음은 가족들과 마지막 날을 보내고 있다는 생각으로 죄어들었다. 그녀는 간신히 살아 있었다. 그녀는 주변 사람들과 물건들 모두에게 남몰래 작별을 고했다. 저녁 식사를 하라는 말에 그녀의 가슴이 세차게 뛰었다. 그녀는 떨리는 목소리로 오늘은 식사 생각이 없다고 말하고는 아버지, 어머니에게 저녁 인사를 드렸다. 부모님은 그녀에게 입맞추면서 여느 때와 다름없이 잘 자라는 밤 인사를 건넸다. 마샤는 하마터면 울 뻔했다. 그녀는 자기 방에 와서 안락의자에 몸을 던지고 펑펑 울었다. 하녀는 진정하고 기운을 차리시라고 그녀를 어르고 달랬다. 준비는 끝났다. 삼십 분 후면 마샤는 부모님 집과 자기 방, 고요한 처녀 시절의 삶을 뒤로 남긴 채 떠난다...

밖에는 눈보라가 치고 있었다. 바람은 울부짖고, 덧창은 흔들리며 덜컹거렸다. 모든 것이 그녀에게는 협박처럼, 슬픈 전조처럼 느껴졌다. 얼마 지나지 않아 집 안 전체가 조용해졌고 모두 잠이 들었다.

마샤는 스카프를 두르고 따뜻한 망토를 걸친 후 손에 보석함을 들고 뒷문 현관으로 나왔다. 하녀는 보따리 두 개를 들고 그녀 뒤를 따랐다. 그들은 안뜰로 내려갔다.

눈보라는 수그러들지 않았다. 바람은 죄 많은 젊은 여인을 멈취 세우려고 힘을 쓰는 것마냥 얼굴 쪽으로 휘몰아쳤다. 그들은 가까스로 안뜰 끝까지 걸어갔다. 길가에는 썰매 마차가 그들을 기다리고 있었다. 추위에 꽁꽁 언 말들은 안절부절못했다. 블라디미르의 마부는 날뛰는 말들을 진정시키면서 마차 앞에서 어슬렁거리고 있었다. 마부는 귀족 아가씨와 하녀가 마차에 올라타고 보따리와 보석함을 싣는 것을 돕고 나서 고삐를 맸고, 말들은 나는 듯 달리기 시작했다.

이제 귀족 아가씨는 운명의 비호와 마부 테료슈카의 능란한 솜씨에 맡기고, 사랑에 빠진 우리의 청년에게 관심을 돌려보자.

블라디미르는 하루 종일 바쁘게 돌아다녔다. 아침에 자드리노 마을의 신부에게 가서 가까스로 그를 설득한 다음, 이웃 지주들 가운데 혼인식 증인이 될 사람들을 물색하러 다녔다.

그가 처음으로 찾아간 사람은 퇴역한 마흔 가량의 기병대 기수 드라빈이었고, 그는 기꺼이 승낙했다. 그는 확신컨대 이 모험이 소싯적 경기병 시절의 짓궂은 장난을 생각나게 한다고 말했다. 그는 블라디미르에게 점심을 들고 가라고 권하면서 나머지 증인 두 명을 구하는 것 또한 문제없을 거라며 호언장담했다. 점심을 먹고 나자 정말로 박차를 단 장화를 신고 콧수염을 기른 토지측량기사 슈미트와 얼마 전 창기병에 입대한 열여섯쯤 된 경찰서장 아들이 왔다. 그들은 블라디미르의 제안을 받아들였을 뿐만 아니라 그를 위해 인생을 희생할 준비가 되어있다고 맹세까지 할 정도였다. 블라디미르는 감격에 겨워 그들을 껴안았고 이어서 채비를 하러 집으로 돌아갔다. 날이 저물고도 한참이 지났다. 그는 믿음직한 자신의 마부 테료슈카를 그녀가 기다리는 네나라도보 마을로 보내면서, 자기 소유의 트로이카(말 세 마리가 끄는 러시아식 마차 – 옮긴이)와 세세하고 꼼꼼한 지침을 딸려 보냈다. 본인을 위해서는 말 한 필이 끄는 작은 썰매 마차를 대령하라고 명했다. 그러고는 마부도 없이 혼자서, 두 시간 후에 마리야 가브릴로브나가 도착하기로 한 자드리노로 향했다. 가는 길은 익히 알고 있었고 마차로 이십 분이면 족한 거리였다.

그러나 블라디미르가 마을 어귀를 막 벗어나 들판을 달릴 무렵, 바람이 일면서 눈앞이 깜깜해질 정도로 눈보라가 몰아치기 시작했다. 순식간에 도로가 눈으로 뒤덮였다. 주위의 모든 것이 누르스름한 짙은 안개 속으로 사라져버렸고, 안개 사이로 함박눈이 휘날렸다. 어디가 하늘이고 땅인지조차 알 수 없었다. 정신을 차리고 보니 블라디미르는 들판에 있었고 다시 길로 들어서려고 했으나 헛수고였다. 말은 마구잡이로 내달리며 눈 더미 위에서 허우적대거나 구덩이에 빠지기 일쑤였고 마차는 계속해서 기우뚱거렸다. 블라디미르는 방향 감각만은 잃지 않으려 애썼다.

벌써 삼십 분도 더 지난 것 같은데 그는 아직도 자드리노 숲에 이르지 못했다. 십 분 정도 더 지났지만 숲은 여전히 보이지 않았다. 블라디미르는 깊은 계곡을 가로질러 난 들판을 따라 갔다. 눈보라는 가라앉지 않았고 하늘은 개일 조짐이 보이지 않았다. 말은 지치기 시작했고 그는 허리까지 눈 속에 푹푹 빠지면서도 땀을 비 오듯 흘렸다.

마침내 그는 길을 잘못 들어섰다는 것을 알게 되었다. 블라디미르는 가던 길을 멈추고 생각하기 시작했다. 기억을 더듬고 이것저것 재본 뒤, 오른쪽 길이 맞다고 확신했다. 그는 오른쪽으로 방향을 틀었다. 말은 가까스로 걸음을 떼었다. 한 시간도 넘게 그는 길 위에 있었다. 자드리노 마을은 멀지 않은 곳에 있음이 틀림없었다. 그러나 가도 가도 들판은 끝이 나지 않았다. 사방이 눈구덩이고 골짜기여서 썰매가 계속해서 넘어졌고 그때마다 그는 썰매를 일으켜 세웠다. 시간이 흘렀다. 블라디미르는 심히 걱정되기 시작했다.

드디어 한쪽에 거무스름한 뭔가가 보이기 시작했다. 블라디미르는 그쪽으로 방향을 틀었다. 가까이 가서 보니 숲이었다. 그는 다 왔으니 천만다행이라고 생각했다. 조만간 아는 길로 들어서겠거니, 아니면 숲을 끼고 돌아서 가겠거니 기대하며 숲 근처로 향했다. 자드리노 마을은 정작 그 숲 너머에 있었다. 얼마지 않아 그는 길을 발견했고 헐벗은 겨울나무 그늘 속으로 들어갔다. 여기라면 바람이 휘몰아치지는 못할 것 같았다. 길은 평평했고 말은 원기를 회복했으며 블라디미르도 안정을 되찾았다.

그렇지만 가도 가도 자드리노 마을은 보이지 않았다. 숲은 끝이 없었다. 낯선 숲속에 들어왔다는 것을 알고 블라디미르는 경악했다. 절망이 그를 엄습했다. 그는 말을 채찍질했다. 가엾은 짐승은 속력을 내서 달리다 이내 멈춰 섰고 십오 분쯤 지나서는 불행한 블라디미르의 온갖 노력에도 불구하고 걸음마 하듯 걸어갔다.

나무들이 점차 드문드문 보이기 시작했고 블라디미르는 숲을 벗어났다. 자드리노는 보이지 않았다. 자정이 되고도 남을 시간이었다. 그의 눈에서 눈물이 솟구쳤다. 그는 되는 대로 발길을 돌렸다. 날씨는 잠잠해졌고 먹구름도 사라졌다. 하얀 양탄자가 깔린 듯한 물결무늬의 평원이 그의 눈앞에 펼쳐졌다. 밤하늘은 몹시도 쾌청했다. 멀지 않은 곳에, 농가 너덧 채가 모여 있는 촌락이 보였다. 블라디미르는 그쪽을 향해 갔다. 첫 번째 오두막 앞에 이르러 썰매 마차에서 내린 그는 창문 쪽으로 달려가 두드리기 시작했다. 몇 분이 지나자 한 노인이 나무 덧창을 올리고 회색 턱수염을 내밀었다.

"뭣 땜에 그러슈?"

"여기서 자드리노까지 먼가?"

"자드리노까지 머냐는 말씀이우?"

"그래, 그래! 먼가?"

"멀지 않수, 십 베르스타 남짓 될라나?"

대답을 듣자마자 블라디미르는 자기 머리채를 쥐어뜯더니 죽음을 선고받은 사람마냥 미동도 하지 않았다.

"어디서 오셨수?"

노인이 말을 이었다. 블라디미르는 넋이 나가 대답할 정신조차 없었다. 그는 말했다.

"노인장, 자드리노까지 말을 좀 내줄 수 없겠소?"

"우리한테 말이 있을 리가 있수." 농부가 대답했다.

"길을 일러줄 사람이라도 좀 데리고 갈 순 없겠소? 그자가 달라는 대로 지불하겠소."

"잠깐 계셔 보슈." 노인은 덧창을 닫으며 덧붙였다.

"우리 아들 놈을 내보내리다. 그 녀석이 데려다 줄 거요."

블라디미르는 노인의 아들이 나올 때까지 기다렸다. 일 분도 채 지나지 않아 그는 다시 창문을 두드리기 시작했다. 덧창이 올라갔고 턱수염이 보였다.

"뭣 땜에 그러슈?"

"노인장, 아들은 왜 안 나오는 거요?"

"지금 나간다우, 신발 신고 있잖수. 꽁꽁 얼었을 텐데 들어와 몸 좀 녹이시구랴."

"고맙지만 아들이나 빨리 내보내주시오."

현관문이 삐걱거리더니 곤봉을 든 청년이 나왔다. 그는 앞장서서 눈구덩이가 된 길을 가리키기도 하고 길을 찾기도 하면서 걸어갔다. 블라디미르가 그에게 물었다.

"몇 시쯤 됐지?"

"곧 있으면 동이 트겠는 걸요." 젊은 농부가 대답했다.

블라디미르는 더 이상 한 마디 말도 하지 않았다.

그들이 자드리노에 도착하고 나니 수탉이 울었고 날은 진즉에 밝아 있었다. 교회당 문은 닫혀 있었다. 블라디미르는 길 안내인에게 돈을 지불하고 그의 신부가 있을 뜰 안으로 들어갔다. 그러나 뜰 안에는 그의 트로이카 마차가 없었다. 과연 어떤 소식이 그를 기다리고 있었던가!

이쯤에서 네나라도보 마을의 사람 좋은 지주 댁으로 돌아가 그 집안에 무슨 일이 있는지 살펴보기로 하자.

그런데 아무 일도 없었다.

나이 든 지주 부부는 자고 일어나 거실로 나왔다. 가브릴라 가브릴로비치는 실내모자와 플란넬 실내복을 걸치고 프라스코비야 페트로브나는 솜으로 누빈 가운을 입고 있었다. 사모바르(18세기에 등장한 러시아식의 차 끓이는 기구 – 옮긴이)가 준비되자 가브릴라 가브릴로비치는 딸의 건강 상태는 어떤지, 잠은 잘 잤는지 알아보라며 하녀를 보냈다. 하녀가 돌아와서는 아가씨가 잠을 못 잤지만 지금은 상태가 한결 나아져 금방 거실로 가겠다고 했다는 말을 전했다. 정말로 거실 문이 열렸고 마리야 가브릴로브나가 아버지와 어머니에게 아침 인사를 하러 다가왔다.

"마샤, 머리 아픈 건 좀 어떠냐?" 가브릴라 가브릴로비치가 물었다.

"좋아졌어요, 아빠."

마샤가 대답했다.

"어제 페치카(러시아식 벽난로 – 옮긴이) 연기를 마신 게로구나, 마샤." 프라스코비야 페트로브나가 말했다.

"그랬나 봐요. 엄마."

마샤가 대답했다.

그날 하루는 별 탈 없이 지나갔지만, 밤이 되자 마샤는 몸져누웠다. 읍내로 약사를 부르러 보냈다. 저녁 무렵이 되어서야 도착한 약사는 열에 들떠 헛소리를 하는 환자를 보게 되었다. 가엾은 병자는 심한 고열을 앓으며 생사의 경계에서 꼬박 두 주를 아팠다.

집안 식구 중 그 누구도 도주 계획에 대해 알지 못했다. 전날 밤 그녀가 쓴 편지는 불살라졌다. 주인 내외의 분노가 두려웠던 마샤의 하녀는 그 누구에게도 그날 밤 이야기를 일체 발설하지 않았다. 신부, 퇴직관리, 콧수염 난 토지 측량사와 어린 창기병도 잠잠했는데 다들 나름의 이유가 있었다. 마부 테료슈카 또한 술기운에도 쓸데없는 소리 한 번 하지 않는 위인이었다. 이리하여 일곱 명이나 되는 공모자들이 있음에도 불구하고 비밀은 지켜졌다.

그런데 정작 마리야 가브릴로브나가 고열로 헛소리를 계속하다 제 입으로 비밀을 발설하고 말았다. 하지만 그녀의 말이 워낙 뒤죽박죽이어서 딸의 침상에서 한시도 떨어지지 않았던 어머니는 딸이 죽을 만큼 블라디미르 니콜라예비치를 사랑했고 그로 인해 상사병을 앓는 것이라고 추측하는 데 그쳤다. 그녀는 남편, 또 몇몇 이웃과 의논을 했고 마침내 모두들 한 목소리로 그것이 마리야 가브릴로브나의 운명이라며 블라디미르

니콜라예비치가 하늘이 점지한 신랑감이 맞다고, 가난은 죄가 아니며 사람 보고 사는 거지 돈 보고 사는 게 아니라는 등의 결론을 내기에 이르렀다. 교훈적인 경구는 우리가 자기 행동을 정당화할 마땅한 근거를 생각해내지 못할 때 놀라울 정도로 유익한 법이다.

그 사이 귀족 아가씨는 건강을 회복하기 시작했다. 그러나 블라디미르는 오래전부터 가브릴라 가브릴로비치의 집에 나타나지 않았다. 그는 평소의 홀대에 겁을 먹고 있던 터였다. 지주 부부는 결혼 승낙이라는 뜻밖의 행운을 알려주기 위해 그를 부르러 사람을 보냈다. 하지만 초대에 대한 응답으로 그의 반쯤 정신 나간 편지를 받게 된 지주 내외의 놀라움은 이루 말할 수 없을 정도였으니! 그는 단 한 발자국도 그 집 안에 들여놓지 않을 거라고 선언하면서 죽음만이 유일한 희망인 이 불행한 사람을 잊어달라고 부탁했다.

며칠 후 그들은 블라디미르가 군대로 복귀했다는 사실을 알게 되었다. 이때가 1812년이었다.

지주 부부는 회복 중인 마샤에게 이 사실을 알릴 엄두를 내지 못했다. 그녀는 블라디미르에 대해서 입도 뻥긋하지 않았다. 몇 달이 지나고 나서 보로디노 전투(1812년 9월 7일 나폴레옹의 모스크바 원정 도중에 있었던 최대의 격전. 톨스토이의 『전쟁과 평화』에서도 묘사되어 유명해졌다. - 옮긴이)에서 무훈을 세우고 중상을 입은 자들의 명단에서 그의 이름을 발견한 마샤가 혼절하자 사람들은 그녀의 열병이 도질까 봐 염려했다. 그러나 다행스럽게도 혼절의 후유증은 없었다.

또 다른 슬픔이 그녀를 찾아왔다. 가브릴라 가브릴로비치가 딸에게 전 재산을 남기고 세상을 떠난 것이다. 하지만 유산은 그녀에게 위로가 되지 못했다. 마샤는 가엾은 어머니 프라스코비야 페트로브나의 슬픔을 진심으로 나누어 가졌고, 절대로 엄마와 헤어지지 않겠노라 맹세했다. 둘은 슬픈 추억을 간직한 장소인 네나라도보 마을을 뒤로 하고 ○○○영지로 갔다.

그곳에서도 사랑스럽고 부유한 신붓감 주변에 신랑감들이 모여들었다. 그러나 마샤는 그 누구에게도 털끝 같은 희망조차 주지 않았다. 어머니는 이따금씩 딸에게 연인을 골라보라고 설득했지만 그때마다 마리야 가브릴로브나는 고개를 저으며 생각에 잠기곤 했다. 블라디미르는 이미 이 세상 사람이 아니었다. 그는 프랑스 군대가 입성하기 전날 밤 모스크바에서 사망했다.

마샤는 그에 대한 추억을 신성한 것으로 여겼다. 그녀는 그가 읽었던 책이라던가 그가 그린 그림, 그녀를 위해 베껴 쓴 악보와 시 등 그를 추억할 만한 모든 것을 소중히 간직했다. 이 모든 것을 알게 된 이웃들은 그녀의 지조에 감탄하며 아르테미시아(소아시아 할리카르나소스 왕국의 정조 굳은 왕비로 죽은 남편 마우솔로스 왕을 기리는 거대한 무덤을 축성하였다. - 옮긴이)의 애통한 정절을 간직한 이 처녀를 마침내 정복하게 될 영웅을 몹시 궁금해하며 학수고대했다.

그 사이 전쟁은 영예롭게 끝이 났다. 우리 군인들은 타국에서 돌아왔다. 사람들은 달려나와 그들을 맞이했다. 군악대는 전리품이라고 할 만한 <앙리 4세 만세!>(나폴레옹 퇴위로 1814년 루이 18세가 왕이 되었을 때 부르봉 왕조의 복원을 구가한 유행가. 앙리 4세는 프랑스 부르봉 왕조의 시조이다. - 옮긴이), <티롤의 왈츠>, <조콘다의 아리아>와 같은 프랑스 곡을 연주했다.

출정할 때 앳된 소년 같았던 장교들은 전장의 공기를 마시며 성인이 되어 십자훈장을 받고 돌아왔다. 군인들은 서로 간에 대화를 나눌 때면 독일어와 프랑스어를 연거푸 써가면서 유쾌하게 말했다. 잊을 수 없는 시절! 영광과 환희의 시절! '조국'이라는 단어 앞에서 러시아인의 심장은 얼마나 세차게 뛰었던가! 재회의 눈물은 얼마나 달콤했던가! 우리가 얼마나 한마음이 되어 국민 된 자긍심과 황제 폐하를 향한 애정으로 한데 뭉쳤던가! 그러니 폐하께는 또 얼마나 멋진 순간이었겠는가! 여인들, 러시아의 여인들은 그 당시 비할 바 없이 멋졌다. 여느 때의 차가움은 사라지고 없었다. 그녀들은 진정 감동에 겨운 환호를 보냈다. 개선 군인들을 맞으며 "만세!"를 외치던 여인들은

공중으로 머릿수건을 던졌다.(러시아 극작가 A. 그리보예도프(1795-1829)의 희곡 『지혜의 슬픔』에서 인용한 구절 – 옮긴이)

그 당시 장교들 가운데 러시아 여인들에게 최고로 값진 포상을 받았다는 사실을 인정하지 않을 이가 누가 있겠는가?...

이 눈부신 시절에 마리야 가브릴로브나는 어머니와 ○○○현에 살고 있었기에 수도 두 곳에서 군대의 귀환을 환영하는 광경을 보지 못했다. 그렇지만 읍내나 시골에서도 수도와 마찬가지로 환호했고, 어쩌면 그 환호는 더 열렬했으리라. 이런 곳에 장교가 오면 그야말로 진정한 개선이었으니, 장교 옆에서 연미복을 차려입은 연인은 찬밥 신세였다.

앞서도 얘기했듯이, 마리야 가브릴로브나는 냉정하게 굴었음에도 불구하고 늘 그랬듯이 구혼자들에게 둘러싸여 있었다. 그러나 부상을 입은 기병 대령 부르민이 그녀의 철옹성에 나타나자 이들 모두는 물러서야 했다. 그는 단춧구멍에 게오르기우스 훈장(오렌지색과 검정색 줄무늬 훈장으로 러시아 황실 군대의 전통적 상징이며 러시아 민족주의의 상징이기도 하다. - 옮긴이)을 달고 있었고, 그곳 귀족 아가씨들이 말하듯 '매혹을 자아내는 창백한 안색'을 지니고 있었다. 나이는 스물여섯쯤 되었다. 그는 마리야 가브릴로브나 집안의 영지와 이웃하고 있는 자기 영지에 휴가차 와 있었다.

마리야 가브릴로브나는 그에게 각별했다. 그가 있는 자리에서는 생각에 잠기는 평소 모습 대신 생기가 돌았다. 마샤가 그를 유혹하려고 일부러 그런 것은 결코 아니지만 그녀의 이런 모습을 보았다면 시인은 아마 이렇게 말했으리라.

이것이 사랑이 아니라면 무엇이겠는가?...(시인 페트라르카의 소네트 구절 - 옮긴이)

부르민은 실제로도 무척이나 매력적인 청년이었다. 그에게는 여자들이 딱 좋아할 만한, 바로 그런 재주가 있었다. 예의 바르고 관찰력이 뛰어난 데다 가식이라고는 없고 호탕한 유머를 즐길 줄 알았다. 그는 마리야 가브릴로브나를 소탈하고 편안하게 대했다. 그러나 그의 마음과 시선은 온통 그녀가 하는 말한 마디, 행동 하나하나를 쫓아다녔다.

그는 침착하고 온순해 보였지만 소문에 따르면 한때 잘나가는 바람둥이였는데, 이 사실이 마리야 가브릴로브나가 그에 대해 품고 있던 인상을 망치지는 않았다. (대다수의 젊은 숙녀들이 통상 그러하듯이) 그녀 역시 젊은 시절의 치기 어린 장난은 대담하고 다혈질적인 성격을 보여준다고 여겨 기꺼이 용서했던 것이다.

그러나 무엇보다도... (그의 다정함이나 기분 좋은 어투, 매혹적인 창백한 안색, 붕대를 감은 팔보다 더) 그녀의 호기심과 상상력을 자극한 것은 이 젊은 기병이 침묵하고 있다는 점이었다. 그녀는 그가 자기를 좋아한다는 사실을 알고 있었다. 그 역시도 타고난 명석함과 경험으로 그녀가 자신을 각별하게 생각하고 있다는 사실을 일찌감치 알았을 것이다. 하지만 그녀는 아직도 그가 자신의 발아래 무릎을 꿇고 고백하는 것을 듣지 못하고 있었다. 그가 망설이는 이유는 무엇일까? 진정한 사랑과 분간이 안 되는 수줍음? 자존심? 아니면 교활한 호색한의 유혹의 기술? 이것은 그녀에게 분명 수수께끼였다.

곰곰이 생각해본 후 그녀는 그의 수줍음만이 유일한 원인이라는 결론을 내렸고, 그를 더욱 더 관심 있게 지켜보다가 여차하면 다정하게 대하면서 용기를 북돋워주리라 결심했다. 그녀는 전혀 뜻밖의 대단원을 마련해두고 애간장을 태우며 소설과도 같은 고백의 순간을 기다렸다. 어떤 종류건 간에 비밀이란 여자의 마음에 언제나 버겁기 마련이니까.

그녀의 작전은 바라던 대로 성공했다. 적어도 부르민은 깊은 고민에 잠긴듯 보였고, 활활 타오르는 불꽃같은 그의 검은 눈동자가 마리야 가브릴로브나를 바라볼 때에는 결정적인 순간이 임박한 듯 보였다. 이웃들은 혼인이 벌써 다 정해진 것마냥 이야기했고, 선량한 프라스코비야 페트로브나는 딸이 드디어 어울리는 신랑감을 만나게 되었다며 기뻐했다.

하루는 노부인 혼자 거실에 앉아 카드로 운세점을 보고 있는데 부르민이 방으로 들어와 마리야 가브릴로브나를 찾았다.
"그 아이는 안뜰에 있네." 노부인이 대답했다.
"그 아이에게 가보시게나. 나는 여기서 기다리고 있을 테니."
부르민이 나가자 노부인은 성호를 그으며 어쩌면 오늘 결판이 날지도 모르겠다고 생각했다.
부르민은 연못 옆 버드나무 아래 있는 마리야 가브릴로브나를 발견했다. 흰 드레스를 입고 손에 책을 든 그녀는 소설 속 여주인공의 모습 그대로였다. 의례적인 인사말이 몇 차례 오간 뒤 마리야 가브릴로브나는 서로 더 어색해지게끔 일부러 대화를 중단했는데, 누구든 이런 상황을 벗어나려면 불시에 단호하게 고백을 하는 수밖에 없었다. 그리고 실제로도 그랬다. 부르민은 입장이 난처해졌음을 알아차렸고, 그녀에게 자신의 마음을 털어놓을 기회를 오래전부터 찾고 있었다는 말을 꺼내며 잠시 이야기를 들어달라고 청했다. 마리야 가브릴로브나는 책장을 덮고 승낙의 표시로 눈을 내리감았다.

"당신을 사랑합니다."

부르민이 말했다.

"당신을 사랑합니다. 열렬하게..."

(마리야 가브릴로브나는 얼굴이 달아올랐고 그래서 고개를 더 숙였다).

"제가 더 조심했어야 했습니다. 날마다 당신을 보고 당신의 이야기를 듣는 달콤한 습관에 빠진 나머지 그만..." (이때 마리야 가브릴로브나는 생 프레St.-Preux의 첫 번째 서신(장 자크 루소의 서간소설 <신 엘로이즈>에 나오는 편지 - 옮긴이)을 떠올렸다.)

"이제 와서 제 운명을 거역하기엔 너무 늦었군요. 당신에 관한 추억, 비할 데 없는 당신의 사랑스러운 모습이 지금부터 제 인생의 고통이자 기쁨이 될 겁니다. 하지만 하기 힘든 말을 고백해야 할 막중한 의무가 제겐 아직 남아 있습니다. 당신께 무서운 비밀을 털어놓고 우리 사이에 넘을 수 없는 장벽을 세워야만 하는 의무가..."

"장벽은 언제나 있었는걸요."

마리야 가브릴로브나가 그의 말을 막으며 또박또박 말했다.

"전 절대 당신의 아내가 될 수 없는 여자였어요."

"압니다."

그가 침착하게 대답했다.

"알아요, 당신이 한때 다른 사람을 사랑했었다는 걸. 그리고 그 사람이 죽었고 삼 년 동안 아파했다는 것도... 친애하는 마리야 가브릴로브나! 제 마지막 위안마저 뺏으려 하지는 말아 주십시오. 당신이 제가 행복해지는 걸 마다하지 않으셨을 거라는 생각 말입니다. 만일 제가... 아무 말씀 마세요, 제발, 하지 마십시오. 당신은 제 마음을 갈가리 찢어놓는군요. 그래요, 알아요, 난 느끼죠. 당신이 내 사람이 될 수도 있었다는 걸요. 그렇지만 저는 이 세상에서 제일 불행한 피조물이랍니다... 저는 결혼한 몸입니다!"

마리야 가브릴로브나는 깜짝 놀라 그를 바라보았다.

"저는 결혼했어요."

부르민이 말을 이었다.

"결혼한 지 벌써 사 년째인데도 제 아내가 어떤 사람인지, 어디 사는지도 모릅니다. 그녀를 다시 만날 수 있을지조차 모릅니다!"

"무슨 말씀이세요?"

마리야 가브릴로브나가 소리쳤다. "희한하기도 해라! 계속 말씀해보세요, 제 이야기는 나중에 하기로 하고... 그러니 계속해주세요. 어서요."

"1812년 초엽이었죠."

부르민이 말했다.

"우리 연대가 주둔하고 있는 빌뉴스(Vilnius, 현재 리투아니아 수도 – 옮긴이)로 급히 가는 길이었습니다. 하루는 저녁 늦게 역참에 도착해서 빨리 말을 대령하라고 이르던 차에 갑자기 엄청난 눈보라가 일었지요. 역참지기와 마부들은 제게 기다리는 게 좋겠다고 충고하더군요. 그 말을 듣기는 했지만 왠지 모르게 불안해지더라고요. 누군가가 저를 마구 떠미는 것 같았습니다. 그러는 동안에도 눈보라는 멈추지 않았어요. 저는 더 이상 참지 못하고 다시 말을 대령하라고 한 뒤 눈보라 속을 뚫고 출발했습니다. 마부는 언 강을 가로질러 갈 생각을 했어요. 그러면 삼 베르스타 정도 더 빨리 갈 수 있었으니까요.

그런데 강둑에 눈이 너무 많이 쌓여서 마부가 도로 쪽으로 나가는 지점을 지나치는 바람에 우리는 전혀 모르는 곳으로 가게 되었습니다. 눈보라는 잠잠해지지 않았고요. 불빛이 보이기에 마부에게 그리로 가자고 했습니다. 우리는 어느 시골 마을에 도착했어요. 목조 교회당 불빛이 보였어요. 교회당 문은 열려 있었고 울타리 너머로 썰매 마차 몇 대가 서 있었죠. 현관으로 사람들이 들락날락하더군요.

이쪽일세! 이쪽! 몇몇이 제게 이렇게 외치는 소리가 들렸습니다. 저는 마부에게 그쪽으로 가보자고 명했습니다. *참내, 대체 뭘 하다 이렇게 늦은 건가?* 누군가 제게 말했습니다. *신부는 쓰러져 있고 사제는 어쩔 줄을 모르고 있다네. 우린 집으로 되돌아갈 참이었지. 지금 당장 내리게나.* 저는 말없이 썰매에서 뛰어내려 서너 개의 촛불이 희미하게 비치고 있는 교회당 안으로 들어갔습니다.

컴컴한 교회 구석 한쪽 의자에 어떤 아가씨가 앉아 있었습니다. 또 다른 처녀가 그녀의 관자놀이를 문지르고 있었어요. 다행이에요. 그 처녀가 말했어요. *간신히 오셨네요. 우리 아가씨를 거의 죽일 뻔 하셨다고요.* 나이 든 사제가 내게 다가와 물어보았습니다. *시작해도 되겠습니까?* 저는 엉겁결에 대답했습니다. *시작하시죠, 시작하세요, 신부님.*

사람들이 그 아가씨를 일으켜 세우더군요. 상당히 아름다워 보였어요... 이해도 안 되고 용서도 안 되는 부박한 행동이었지만..., 저는 설교대 앞으로 가서 그녀 옆에 섰습니다. 사제는 서둘렀고 남자 셋과 하녀는 신부를 부축하고 보살피느라 여념이 없었습니다. 그렇게 혼인식을 치르게 된 겁니다.

키스하십시오. 라고 사제가 우리에게 말했습니다. 제 아내는 저를 향해 창백한 얼굴을 돌렸습니다. 전 그녀에게 입 맞추고 싶었죠... 그녀가 외쳤습니다. *아아, 그이가 아니야! 그이가 아니라고요!* 그녀는 의식을 잃고 쓰러졌습니다.

증인들의 놀란 눈은 일제히 저를 향했지요. 저는 뒤돌아서서 거리낌 없이 교회당을 나와 마차에 몸을 던지고 소리쳤습니다. *출발해!* "

"이럴 수가!"

마리야 가브릴로브나가 소리쳤다.

"그러니까 당신의 가엾은 아내가 어떻게 되었는지 모르신다는 말씀이세요?"

"모릅니다."

부르민이 답했다.

"제가 결혼식을 올린 마을 이름이 뭔지도 모르고 어떤 역참에서 출발했는지도 기억이 안 나요. 그때는 제가 한 고약한 장난이 죄인 줄도 모르고 대수롭지 않게 여겨서 교회를 출발하고는 곧바로 잠이 들었고, 이튿날 아침에야 세 번째 역참에서 눈을 떴습니다. 그때 저와 같이 있었던 종복이 전쟁중에 죽어버려서 제가 그토록 잔인하게 농지거리를 했던 그 여인을 찾으리라는 희망이 없어요. 이제는 그녀가 이토록 잔인하게 제게 복수를 하고 있는 것이지요."

"세상에 이럴 수가, 이럴 수가!"

마리야 가브릴로브나가 그의 손을 부여잡고 말했다.

"그러니까 그 사람이 당신이었던 거로군요! 저를 알아보지 못하시겠어요?"

부르민의 얼굴은 백지장처럼 하얘졌다... 그는 그녀의 발아래
무릎을 꿇었다.

장의사

Гробовщик

장의사

우리는 날마다 관을 보는 게 아니던가,
노쇠해가는 삼라만상의 백발의 관을?

제르자빈

장의사 아드리얀 프로호로프의 마지막 이삿짐이 장례 마차에
실리자, 비쩍 마른 말 두 필이 바스만나야 거리에서 장의사 가
족의 새집이 있는 니키츠카야 거리를 향해 네 번째 무거운 걸
음을 옮겼다. 장의사는 가게 문을 닫고 나서 문에다 '팔거나
세놓음'이라고 써 붙여놓고 새 집 쪽으로 걸어갔다. 일찌감치
점찍어두고 상상만 하다가 마침내 거금을 주고 손에 넣은 그
노란 집 쪽으로 가까이 가는데도, 늙은 장의사는 전혀 뿌듯하
지 않아 의아하기만 했다.

낯선 문지방을 넘어 들어가 온통 어질러진 새집 안을 보고 있자니, 지난 십팔 년 동안 자로 잰 듯 반듯하게 정리정돈하며 살았던 낡은 오두막집이 생각나 한숨을 쉬었다. 그는 두 딸과 하녀에게 동작이 굼뜨다며 호되게 야단을 치면서 몸소 짐 정리를 거들었다. 금세 정리가 끝났다. 성상함, 찬장, 탁자, 소파와 침대는 안방에서 각자 제자리를 찾았다. 부엌과 거실에는 집주인이 만든 여러 가지 색깔의 크고 작은 관들과 장례용 모자, 망토와 횃불이 진열된 장식장이 들어섰다. 대문 위에 간판을 걸었는데, 거기에는 뒤집어진 횃불을 손에 든 우람한 큐피드 그림과 '무색 관, 채색 관 판매 및 제작. 관 대여 및 낡은 관 수선'이라는 문구가 적혀 있었다. 딸들은 각자의 방으로 들어갔다. 아드리얀은 집안을 한 바퀴 둘러보고는 창가에 앉아 사모바르를 내오라고 일렀다.

교양 있는 독자라면 익히 아시겠지만, 셰익스피어와 월터 스콧이 모두 자신의 작품 속에 등장하는 무덤 파는 인부들을 쾌활하고 장난기 있는 인물로 그렸으나 이는 전혀 상반되는 모습을 제시함으로써 우리의 상상력을 한층 강화하기 위함이었다. 진실을 존중하는 입장에서 우리는 이 두 작가의 모범을 따를 수가 없으며, 게다가 우리의 주인공인 장의사의 성정은 그의 음울한 직업에 완벽하게 부합한다는 점을 인정하지 않을 수 없다. 아드리얀 프로호로프는 평소에도 침울한 데다 말수도 적었다. 그가 입을 열 때라고는, 하릴없이 창밖으로 지나다니는 사람들을 쳐다보는 딸들에게 호통을 칠 때나 불행(때로는 기쁨일 수도)을 당해 그가 제작한 장의 도구가 필요해진 사람들에게 터무니없이 높은 가격을 부를 때뿐이었다.

그렇게 아드리얀은 창가에 앉아 일곱 잔째 차를 마시며 평소와 같이 침울한 생각에 잠겨 있었다. 그는 일주일 전 퇴역한 여단장의 장례 행렬이 시 외곽으로 나갈 때 쏟아진 폭우를 떠올리고 있었다. 비로 인해 여러 벌의 망토가 쪼그라들었고 모자도 여러 개 쭈글쭈글해졌다. 오래된 장례 의상이 망가져 버렸으니 앞으로 돈 나갈 일이 불 보듯 뻔했다. 그는 이 손실을 벌써 일 년 가까이 사경을 헤매고 있는 늙은 장사꾼 마누라 트류히나의 장례식으로 만회해볼까 했다. 그러나 트류히나는 라즈굴라이 거리에서 세상을 하직할 참이고, 프로호로프는 그녀의 상속인들이 전에 했던 약속에도 불구하고 멀리 있는 그에게 사람을 보내기 귀찮아 가까이 있는 업자와 거래하게 되는 건 아닌가 하는 걱정을 하고 있었다.

이런 생각은 갑작스런 노크 소리, 프리메이슨 식으로 문을 세번 두드리는 소리로 인해 중단되었다.

"누구요?"

장의사가 물었다.

문이 열리고 한눈에 독일인 수공업자임이 확연한 남자가 방 안으로 들어오더니 쾌활하게 장의사에게 다가왔다.

"실례합니다. 새로 이사 오신 분입니까?"하며 남자는 지금도 우리가 웃지 않고는 들을 수 없는 어색한 러시아어 악센트로 말했다.

"방해해서 죄송합니다... 제가 더 일찍 인사를 했어야 했지 말입니다. 저는 구두 직공이고 이름은 고틀립 슐츠이며 길 건너, 선생님 댁 창문 맞은편에 보이는 바로 저 집에 살고 있습니다. 내일 제 은혼식을 하는데, 선생님과 따님들을 모시고 편하게 점심식사나 할까 합니다."

아드리얀은 기꺼이 초대에 응했다. 장의사는 구두 직공에게 앉아서 차나 한 잔 하라고 권했는데, 고틀립 슐츠의 활달한 성격 덕에 그들은 얼마 안 있어 격의 없이 이야기를 나누게 되었다.

"댁의 장사는 어떻습니까?"

아드리얀이 물었다.

"허, 그게 참."

슐츠가 대답했다.

"그럭저럭 먹고 살 만하다고 해두겠습니다. 물론 제가 파는 물건은 선생님의 것과 다르지만 말입니다. 산 사람은 장화 없이도 산다지만 죽은 사람은 관 없이는 살지 못하잖습니까."

"딱 맞는 말이군요."

아드리얀이 한 마디 거들었다.

"하지만 산 사람이야 장화 살 돈이 없으면 맨발로 다닐 테니 댁이 화가 날 일은 없지요. 그런데 죽은 거지는 공짜로 관을 가져간다오."

이런 식으로 그들 사이의 대화는 얼마간 지속되었고, 마침내 구두 직공은 자리에서 일어나 재차 초대를 잊지 말라며 장의사와 작별 인사를 나눴다.

다음 날 열두 시 정각에 장의사와 딸들은 새로 산 집의 울타리
문을 나와 이웃집으로 향했다. 나는 요즘 소설가들이 너도나
도 써먹는 관례에서 벗어나, 아드리얀 프로호로프가 걸친 러
시아식 카프탄(셔츠 모양의 기다란 상의 - 옮긴이)이나 아쿨리나와
다리야가 차려입은 유럽식 의상을 묘사하지는 않으련다. 그렇
기는 해도, 여기서 두 딸이 노란 모자를 쓰고 빨간 장화를 신
었으며 그들이 대개는 축제일에만 그런 차림을 한다는 사실을
일러둔다고 해서 안 될 것은 없으리라.

구두 직공의 비좁은 집안은 손님들로 붐볐는데 상당수가 아
내와 견습공을 데리고 온 독일인 수공업자들이었다. 러시아
관리라고는 핀란드인 순경 유르코가 유일했는데 초라한 직위
에도 불구하고 집주인에게 특별 대접을 받았다. 그는 만년 순
경으로 근 이십오 년간 포고렐스키의 소설에 나오는 마차 배
달부(러시아 환상소설의 효시로 알려진 『라페르토보의 양귀비 과자』
(1825) 속 등장인물 - 옮긴이)처럼 충직하게 일했다. 1812년의 대
화재는 옛 수도 모스크바를 잿더미로 만들었고 그의 노란색

초소도 박살냈다. 그러나 적들이 퇴각하자마자 그 자리에 도리아풍의 흰 원주를 세운 회색의 새 초소가 들어섰고, 순경 유르코는 또다시 '손에 도끼를 들고 나사지(원단의 일종 – 옮긴이)로 만든 흉갑 갑옷을 걸치고'(A. 이즈마일로프(1779-1831)의 우화시 『바보 파흐모브나』에 나오는 시구 – 옮긴이) 주위를 활보하게 되었다. 그는 니키츠키예 보로타 근처에 사는 거의 모든 독일인들과 친했다. 심지어 몇몇은 일요일부터 월요일까지 유르코의 초소에서 자고 가기도 했다.

아드리얀도 곧바로 그와 안면을 텄다. 조만간 이 사람이 필요한 일이 생길지도 모른다는 계산으로 손님들이 식탁에 가 자리를 잡을 때도 유르코와 나란히 앉았다. 구두 직공 슐츠 부부와 열일곱 살짜리 딸 로테는 손님들과 식사를 하는 내내 손님 대접도 하고 가정부의 일손도 거들었다. 맥주가 흘러넘쳤다. 유르코는 네 사람분을 해치웠고 아드리얀도 그에 못지않았다. 그의 딸들은 얌전을 빼고 있었다. 독일어 대화는 시간이 갈수록 소란스러워졌다. 돌연 집주인인 구두 직공이 이목을 집중하라면서 밀봉한 병마개를 뽑고 러시아어로 우렁차게 외쳤다. "착한 내 마누라 루이자를 위하여!"

샴페인 같은 술에 기포가 일었다. 집주인이 마흔 살 난 아내의 생기 넘치는 얼굴에 다정하게 입을 맞추자 손님들은 착한 루이자의 건강을 위해 떠들썩하게 건배했다.

"우리 집에 오신 손님들을 위하여 건배!"

집주인이 두 번째 병의 마개를 열면서 외쳤고, 이에 손님들은 그에게 감사를 표하며 또 한 번 자기 앞의 잔을 비웠다. 그러자 각종 건배사가 잇따랐다. 손님 한 사람 한 사람의 건강을 위해 건배했고, 모스크바와 한 다스나 되는 독일 도시들의 안녕을 위해 건배했고, 모든 수공업 조합을 통틀어 그 번영을 위해 건배했고, 또 조합을 일일이 호명하면서 건배했고, 장인들과 견습공들의 건강을 위해 건배했다. 건배의 잔을 열심히 들이킨 아드리얀은 거나하게 취한 나머지 우스꽝스러운 건배사를 자청하기까지 했다. 갑자기 손님 가운데 뚱뚱한 제빵공이 잔을 들고는 소리쳤다.

"우리의 밥줄이신, 우리 고객들의 unsere Rundleute 건강을 위하여!"

이 건배사 또한 모두가 기꺼이 받아들였다. 손님들은 서로서로 인사하기 시작했다. 재봉사는 제화공에게, 제화공은 재봉사에게, 제빵공은 이들 둘에게, 그들 둘은 제빵공에게, 하는 식으로 인사가 계속되었다. 순경 유르코는 이렇게 서로 인사하는 와중에 자기 옆의 남자를 향해 소리쳤다.

"뭐하고 계신가? 자네 고객인 망자들을 위해 한 잔 드시게나."

모두들 웃었지만 장의사는 조롱당했다는 생각이 들어 얼굴을 찌푸렸다. 아무도 그것을 눈치 채지 못했고 주거니 받거니 하던 손님들이 자리에서 일어났을 때는 이미 저녁 미사 종이 울린 뒤였다.

손님들은 다 늦어서야 집으로 돌아갔다. 상당수가 얼큰하게 취해 있었다. 뚱뚱한 제빵공과 얼굴이

불그죽죽한 산양가죽 장정의 책 표지처럼(Ya. 크냐쥬닌(1740-1791)의 희극 『허풍선이』의 한 구절을 변형하여 썼다. - 옮긴이)

생긴 도서 제본공이 유르코를 부축해 그의 초소로 데려갔다. 그들은 이 기회에 <빚은 갚아야 아름답다>는 러시아 속담을 지켰다.

술에 취한 장의사는 단단히 화가 나서 집으로 돌아왔다.

"그래서 뭐 어쨌다는 거야."

그는 큰소리로 따지듯 말했다.

"내가 하는 일이 다른 것보다 더 부끄럽기라도 하단 말이야? 장의사가 망나니 형이라도 되나? 이교도 놈들이 뭐 비웃을 게 있다고? 장의사가 성탄절 어릿광대라는 거야 뭐야? 그 작자들을 내 집들이에 불러 배불리 먹이려고 했더니, 이제 그럴 일은 절대 없을 거라고! 대신 내 밥줄인 양반들을 부를 테다. 죽은 러시아 정교도들 말이야."

"어르신, 뭐라고요?"

때마침 신발을 벗겨주던 하녀가 말했다.

"무슨 그런 무서운 말씀을 하세요? 성호를 그으세요! 죽은 사람들을 집들이에 부르다니요! 망측하기도 해라!"

"아무렴, 부르고말고!"

아드리얀이 계속했다.

"그것도 내일 당장 부르고 말겠어. 나의 은인들이시여, 내일 저녁 집에서 잔치를 열 테니 꼭 와주십시오. 변변찮으나마 식사를 대접하겠나이다."

이 말을 마친 장의사는 침대로 가 바로 코를 골기 시작했다.

사람들이 아드리얀을 깨웠을 때 밖은 아직도 캄캄했다. 장사꾼 마누라 트류히나가 바로 이날 밤 숨을 거두었고, 가게 점원이 보낸 심부름꾼이 그 소식을 전하러 말을 타고 아드리얀에게 온 것이다.

장의사는 심부름꾼에게 술값이나 하라고 십 코페이카를 건네주고는 서둘러 옷을 입은 뒤 삯마차를 잡아타고 라즈굴랴이로 갔다. 고인의 집 대문 앞에는 이미 경찰들이 와 있었고 상인들은 시체 냄새를 맡은 까마귀마냥 서성대고 있었다. 고인은 탁자 위에 누워 있었고, 밀랍처럼 샛노랬지만 아직은 썩지 않아서 보기 흉할 정도는 아니었다. 상속인들과 이웃 그리고 식솔 여럿이 그녀를 둘러싸고 있었다. 창문은 전부 다 열려 있었고, 촛불이 타고 있었으며, 신부들은 기도문을 읽고 있었다. 아드리얀은 유행하는 연미복을 입은 트류히나의 조카에게 다가가서 관과 양초, 관포 등의 장례용품을 성심성의껏 준비해 곧바로 보내드리겠다고 말했다. 상속인은 비용에 대해서는 왈가왈부하지 않고 모든 걸 그의 양심에 맡기겠다며 건성으로 감사를 표했다. 장의사는 이제껏 그래왔듯이 경비 말고는 결코 더 청구하지 않겠다고 맹세한 뒤, 점원과 의미심장한 눈빛을 주고받은 후 채비를 하러 나섰다. 그는 온종일 라즈굴랴이에서 니키츠키예 보로타 사이를 수차례 왕복했다. 저녁 무렵 일이 다 마무리되었고, 그는 삯마차를 돌려보낸 뒤 걸어서 집으로 돌아갔다.

달빛 환한 밤이었다. 장의사는 니키츠키예 보로타까지 무사히 왔다. 예수승천교회 근처에서 그의 친구인 우리의 경찰 유르코가 검문을 하다 이내 장의사를 알아보고는 잘 자라는 저녁 인사를 건넸다. 늦은 밤이었다. 장의사가 집에 거의 다 왔을 때, 갑자기 누군가가 그의 집 대문 쪽으로 오더니 울타리 문을 열고 들어가 자취를 감추는 것이 아닌가.
'내가 지금 본 게 뭐람?'
아드리얀은 생각했다.
'나한테 누가 또 볼일이라도 있는 건가? 혹시 우리 집에 도둑놈이 들었나? 멍청한 내 딸년들을 보러 사내놈이라도 온 건가? 그럴지도 몰라!'

장의사는 소리를 질러 친구인 유르코에게 도움을 청할까도 생각했다. 바로 그때 누군가 울타리 문 쪽으로 다가와 들어가려 하다가 뛰어오는 집주인을 보고는 자리에 멈춰 서서 삼각 모자를 벗었다. 아는 사람 같았지만 서두르느라 그 얼굴을 자세히 들여다 볼 틈이 없었다.

"어서 오십시오, 잘 오셨습니다."

아드리얀이 숨을 헐떡이며 말했다. "자, 안으로 들어가십시다."

"이보게, 뭘 그렇게 격식을 차리나."

그자가 흐리멍덩한 목소리로 대답했다.

"자네가 앞장서서 손님들을 안내해야지!"

아드리얀도 격식을 차릴 겨를이 없었다. 울타리 문은 열려 있었고 그가 계단을 올라가자 상대방도 뒤를 따라왔다. 집 안에서는 방마다 사람들이 왔다갔다하는 소리가 들리는 것 같았다.

'귀신이 곡할 노릇이로군!'

이렇게 생각하면서 그는 황급히 방 안으로 들어갔는데... 그만 스르륵 다리에 맥이 풀려버렸다.

방 안은 망자들로 가득 차 있었다. 달빛이 창문 너머로 그들의 누렇고 푸르스름한 얼굴과 푹 꺼진 입, 반쯤 감긴 탁한 빛깔의 눈과 비어져 나온 코를 비추고 있었다... 아드리얀은 그들이 자기가 손수 매장한 사람들이며 방금 그와 함께 들어온 손님은 바로 얼마 전 폭우 때 장례식을 치른 그 여단장이라는 걸 알아차리고는 섬뜩해졌다. 남녀를 막론하고 그들 모두는 장의사를 둘러싸고 허리 굽혀 인사했는데, 단 한 사람, 얼마 전 무보수로 장례를 치러준 가난뱅이만이 입고 있는 누더기 옷이 부끄러운 나머지 다가오지 못하고 한쪽 구석에 얌전히 서 있었다. 나머지는 모두 말끔한 차림이었다. 죽은 여자들은 머릿수건에다 리본도 매고 있었고, 죽은 관리들은 제복은 입었지만 턱수염은 깎지 않았으며, 죽은 상인들은 축일에 입는 카프탄을 입고 있었다.

"자, 보시게나, 프로호로프."

이 명예로운 일행의 대표로 여단장이 말했다.

"우리 모두 자네 초대에 답하여 일어나 왔다네. 여기 못 오고 집에 남은 이들은 추릴 뼈도 없어 걷지 못하거나 살가죽이 다 썩어서 뼈만 남은 이들이라네. 그런 지경인데도 자네 집에 반

드시 오고 싶다고 한 이가 있는데, 바로 저기..."

그때 조그만 해골 하나가 송장들 사이를 비집고 아드리얀에게 다가갔다. 해골의 두개골은 장의사에게 상냥하게 미소 지었다. 연두색과 붉은색의 나사지 조각, 낡은 아마포가 막대기 같은 해골 뼈 여기저기에 붙어있었고, 뼈만 남은 다리는 절구통 속의 절굿공이처럼 커다란 기마용 장화 속에서 덜컥거렸다.

"날 모르겠나, 프로호로프?"

해골이 말했다.

"퇴역 근위 중사 표트르 페트로비치 쿠릴킨을 기억 못하나? 1799년 자네가 처음으로 관을 판 사람 말일세. 게다가 그때 소나무 관을 참나무 관이라고 속였잖나?"

이렇게 말하면서 망자는 그를 포옹하려고 뼈만 남은 팔을 활짝 벌렸다. 그러나 아드리얀은 비명을 지르며 있는 힘을 다해 해골을 밀어냈다. 표트르 페트로비치 쿠릴킨의 해골은 휘청거리다 쓰러져 산산조각이 났다. 망자들 사이에서 분노와 불평이 일었다. 모두들 동료의 명예를 위해 들고 일어나서 욕설과 비난을 퍼부으며 아드리얀에게 달려들었다. 그들의 고함 소리에 귀가 먹먹해지고 압사당하기 일보 직전에 처한 가엾은 집

주인은 넋을 잃고 퇴역 근위 중사 쿠릴킨의 뼈 무더기 위로 쓰러져 기절하고 말았다.

해는 벌써부터 장의사가 누워있는 침상을 비추고 있었다. 그제야 눈을 뜬 장의사는 바로 그 앞에서 사모바르를 데우고 있는 하녀를 보았다. 아드리얀은 어젯밤 일을 모조리 떠올리며 공포에 떨었다. 트류히나, 여단장 그리고 근위 중사 쿠릴킨이 희미하게 기억 속에 나타났다. 그는 하녀가 먼저 자기에게 말을 걸고 지난밤의 기이한 모험이 어떻게 끝났는지 얘기해주기를 묵묵히 기다렸다.

"이렇게 늦게까지 주무시다니요. 아드리얀 프로호로프 어르신?"

악시니야가 그에게 실내복을 가져다주면서 말했다.

"옆집 재봉사가 다녀갔고요, 여기 순경도 잠깐 들러서 오늘이 서장님 명명일이라고 알려주고 갔어요. 어르신이 너무 곤히 주무시기에 깨워 드리지 않았답니다."

"초상난 트류히나 집에서 보낸 전갈은 없었나?"

"초상이 났다고요? 부인이 돌아가셨단 말씀이세요?"

"이런 머저리 같으니라고! 어제 했던 부인의 장례식 준비를 너도 돕지 않았느냔 말이다?"

"무슨 말씀이세요, 어르신? 정신이 나가셨나? 아니면 어젯밤 술기운이 아직도 다 안 가셨나? 어제 무슨 초상이 났다고 그러세요? 온종일 독일 사람네 술판에 계시다 곤드레만드레 취해 돌아오시고는 곯아떨어져 정오 미사 종이 울릴 때까지 주무셨으면서."

"오호, 그렇단 말이지?"

장의사가 기쁨에 겨워 말했다.

"그렇다니까요."

하녀가 대답했다.

"음, 그러면 어서 차를 가져오고 딸아이들도 부르거라."

역참지기

Станционный смотритель

역참지기

관등은 14등관이요,

역참(말을 바꾸어 타는 곳)의 독재자라.

바젬스키 공작

역참지기에게 악담을 퍼부어보지 않은 사람이 있을까? 역참지기와 시시비비를 따져보지 않은 사람이 있을까? 울화통이 치미는 순간, 횡포라느니, 무례하다느니, 직무 태만이니 하는 따위의 하찮은 불만을 써 넣겠다며 살생부와 다름없는 역참 장부를 내놓으라고 윽박질러보지 않은 사람이 있을까? 그들을 고릿적 관청의 말단 서기나, 혹은 무롬숲의 도적 떼(1721년 무롬 지방 도적 떼들이 수송 중인 국가 소유의 은화와 청동을 약탈하고 호송 대원들을 살해한 대사건을 암시한다. - 옮긴이)에 버금가는 인간 말종으로 취급해보지 않은 사람이 있을까?

하지만 우리가 그들의 입장이 되어 공정하게 따져 본다면 아마 그들의 존재를 한결 더 관대하게 평가하게 되리라.

역참지기란 대체 누구인가? 말단 14등관(제정 러시아의 가장 낮은 관리 등급 - 옮긴이)에 속하는 진정한 수난자로, 직급 덕택에 구타는 간신히 면하지만 항상 그런 것만도 아니다(독자분들의 양심에 호소하는 바이다). 뱌젬스키 공작이 장난스럽게 '독재자'라 이름 붙인 역참지기의 업무란 무엇인가? 진정 고역이 아니던가? 밤낮으로 맘 편할 때가 없다.

여행객은 지루한 여정으로 누적된 온갖 짜증을 역참지기에게 쏟아붓는다. 날씨가 고약하거나 길이 엉망이어도, 마부가 고집불통이거나 말들이 잘 달려주지 않아도 다 역참지기 탓이다. 여행객은 역참지기의 초라한 처소에 들어서면서부터 원수라도 만난 듯이 그를 노려본다. 이 불청객이 곧 떠나면 다행이지만, 때마침 남아있는 말이 한 마리도 없다면?... 맙소사! 별의별 욕설과 갖은 협박이 그의 머리 위로 쏟아져 내리는 것이다! 비 맞고 진창에 빠져가면서도 그는 밖에서 이리저리 발품을 팔아야 하고, 눈보라 치는 날이나 주현절(예수 탄생과 세례를 기념하는 1월 6일의 축일 – 옮긴이) 혹한에도 신경질 부리는 손님들의 고함 소리와 주먹다짐을 한순간이나마 면하고자 바람 치는 현관으로 피신한다. 장군이라도 오는 날이면 역참지기는 벌벌 떨면서 파발꾼 몫으로 남겨둔 마차까지 꺼서 마지막 남은 트로이카 마차 두 대를 내준다. 장군은 그에게 고맙다는 말 한마디 없이 떠난다. 그리고 오 분 뒤 다시 울리는 말방울 소리!... 이어서 파발꾼이 책상 위에 역마권을 내던진다!...

이 모든 정황을 곰곰이 생각해본다면 분노 대신 진심에서 우러나오는 동정심이 우리 마음을 채울 것이다.

몇 마디 덧붙이자면, 나는 이십 년간 줄곧 러시아 방방곡곡을 돌아다녔고 덕분에 거의 모든 역마 도로를 꿰고 있다. 마부들도 몇 대에 걸쳐 알고 있다. 나와 일면식도 없는 역참지기는 거의 없으며, 내가 상대해본 적 없는 이들도 드물다. 덕분에 내가 보고 들은 것들이 차고 넘쳐서 가까운 시일 내에 이 보고(寶庫)를 출판하려 한다. 지금은 그저 역참지기라는 신분이 일반인들에게 너무 거짓되게 비치고 있다는 말만 해두리라.

대부분의 역참지기들은 대체로 다 온순한 사람들로, 천성이

싹싹하고 사회성이 밝으며 공손하고 지나치게 금전을 밝히지도 않는다. 그들과 나눈 대화에서(여행객 분들이 이 대화를 경멸하는 건 온당치 않다) 재미와 교훈을 한 보따리 건질 수도 있다. 나로 말하자면, 고백하건대 공무로 여행 중인 어떤 6등관 나리보다 그들과 얘기하는 걸 더 좋아한다.

이 존경받을 만한 역참지기라는 신분을 가진 자 중에 내 친구가 있다는 점을 쉽게 간파하셨으리라. 실제로 내겐 소중한 기억을 남긴 친구가 하나 있다. 어찌하다 보니 친해졌는데, 이제 바로 그 친구에 대해 점잖으신 독자분들께 이야기해 드리고자 한다.

1816년 5월, 나는 지금은 없어진 역마 도로를 따라 ○○○현을 지나쳐 갈 일이 있었다.

미관말직이었던 나는 우편마차를 이용했고 말 두 필 분의 삯을 지불하면 되었다. 그렇기에 역참지기는 나를 무람없이 대했고, 내 딴에는 당연히 내 권리라고 생각했던 것들도 종종 싸워서 얻어내곤 했다. 젊기도 했거니와 다혈질이었던 나는 역참지기가 내게 할당된 세 필의 말을 고관대작 나리의 마차에 매어

줄 때 그의 졸렬함과 소심함에 분통을 터뜨리곤 했다. 또한 고관 지사댁 만찬에서 눈치가 빠른 시종이 나를 빼놓고 음식을 나르던 것에도 한동안 익숙해질 수 없었다. 지금에 와서는 이도 저도 다 순리라는 생각이 든다. '세상은 계급순'이라는 모두에게 편리한 법칙 대신, 가령 '세상은 지혜순'과 같은 다른 법칙을 적용한다면 어떤 일이 벌어질까? 별의별 꼴같잖은 말다툼이 벌어질 게 뻔하지! 게다가 하인들은 어떤 분부터 먼저 음식 접시를 날라야 하겠는가?

아무튼 내가 하려던 얘기로 다시 돌아가련다.

무더운 날이었다. ○○○역참에서 삼 베르스타 떨어진 곳에서부터 빗방울이 흩날리기 시작하더니, 이내 장대비가 쏟아져 속옷까지 흠뻑 젖는 일이 생겼다. 역참에 도착하자마자 제일 먼저 할 일은 옷을 갈아입는 것이었고, 그 다음이 차 한 잔 마시는 일이었다.

"애, 두냐!"

역참지기가 소리쳤다.

"사모바르를 준비하고 우유 크림도 가져 온."

이 말이 떨어지기 무섭게 칸막이 뒤에서 열너덧 가량의 소녀가 나오더니 현관으로 뛰어왔다. 그 소녀가 너무 예뻐서 나는 깜짝 놀랐다.

"자네 딸아인가?"

내가 역참지기에게 물어보았다.

"예, 제 딸입니다."

상당히 자랑스러운 표정으로 그가 대답했다.

"애가 어찌나 똑똑하고 민첩한지 죽은 제 어미를 꼭 닮았다니까요."

그러고 나서 그는 곧바로 내 역마권을 옮겨 적기 시작했고, 그 사이 나는 초라하지만 말끔히 정돈된 그의 거처를 장식하고 있는 여러 장의 그림을 보게 되었다. 돌아온 탕자에 관한 그림이었다.

첫 번째 그림에서는 실내모와 실내복을 입은 덕망 있는 노인이 들떠 있는 청년을 배웅하고 있었는데, 청년은 부친이 주는 축복의 말과 돈 꾸러미를 급하게 챙기고 있었다. 두 번째 그림에는 젊은이의 방탕한 행동이 생생한 필치로 묘사되어 있었다. 그는 거짓 친구들과 수치를 모르는 여자들에게 둘러싸인 채 식탁에 앉아 있었다. 그 다음 그림에는 돈을 탕진한 청년이 돼지치기가 되어 삼각 모자와 누더기를 걸친 채 돼지 밥을 같이 먹고 있었는데, 얼굴에 깊은 수심과 후회가 가득했다. 종국에는 아들이 아버지에게 돌아오는 장면이었다. 똑같은 실내모에 실내복을 입은 선량한 노인이 아들을 마중하러 뛰어간다. 탕아는 무릎을 꿇고 있다. 저 멀리 요리사가 살찐 송아지를 잡고 있고 장남은 하인에게 아버지가 기뻐하시는 이유를 묻는다. 그림에 어울리는 독일어 시구가 밑에 적혀 있었고 나는 그것을 모조리 다 읽었다.

이 모든 것이 지금까지도 내 기억에 선연하다. 봉선화 화분과 알록달록한 커튼을 두른 침대도, 그리고 당시 나를 둘러싸고 있던 그 밖의 다른 물건들도 전부 다. 활력 넘치고 정정했던 쉰 살 가량의 주인장과 빛바랜 리본에 메달 세 개가 달린 그의 기다란 녹색 프록코트도 마찬가지로 눈앞에 선하다.

마부와 내가 이곳 역참까지 타고 온 마차 삯 계산을 미처 다 끝내기도 전에, 두냐가 사모바르를 들고 들어왔다. 이 나이 어린 요부는 나를 단 두 번 보고 나서 자신이 내게 어떤 인상을 불러일으켰는지를 알아챘다. 두냐는 커다란 푸른 눈을 내리깔았고, 말을 붙여보니 세상사를 다 아는 여인네마냥 스스럼

없이 내 질문에 답했다. 나는 그녀의 아버지에게 펀치를 한 잔 들라고 했고 두냐에게는 차를 한 잔 주었다. 이어서 우리 셋은 평생지기인 양 담소를 나누었다.

말은 진작에 준비되었지만 나는 역참지기와 그의 딸과 헤어지고 싶지 않았다. 마침내 그들과 작별을 고했다. 역참지기는 내게 안전을 빌어주었고 그의 딸은 나를 마차까지 배웅했다. 현관에서 나는 발길을 멈추고 그녀에게 입 맞추게 해달라고 청했다. 두냐는 승낙했다... 그간의 무수한 입맞춤을 헤아려 보았는데,

내가 입맞춤이란 걸 한 이래로,

나에게 이렇게 오래도록, 그리고 이렇게 달콤한 추억을 남긴 입맞춤은 없었다.

몇 년이 흘렀다. 나는 마침 같은 역마 도로를 지나 같은 역참에 갈 일이 생겼다. 문득 늙은 역참지기의 딸이 생각났고, 그녀를 다시 본다는 생각에 기뻤다. 그런데 한편으로는, 늙은 역참

지기가 교체되었을지 모르고 두냐는 진즉에 결혼해 출가했을 것 같기도 했다. 둘 중 한 사람이 죽었을지도 모른다는 생각 역시 머리를 번쩍 스쳐 지나가서, 슬픈 예감을 느끼며 ○○○ 역으로 다가갔다.

말들이 역참 앞에 멈춰 섰다. 방에 들어가자마자 돌아온 탕아 이야기를 그린 그림이 눈에 들어왔다. 책상도 침대도 예전 그대로 놓여 있었지만 창가에 놓여있던 꽃은 더 이상 없었고 사방의 모든 것이 낡아버린 데다 손길마저 닿지 않아 방치된 채였다. 역참지기는 털가죽 외투를 덮고 자고 있었는데 내가 들어가는 바람에 잠에서 깨어 몸을 일으켰다... 틀림없는 역참지기 '삼손 브이린'이었다. 그런데 어찌나 늙어버렸던지! 그가 내 역마권을 옮겨 쓸 준비를 하는 동안 나는 그의 백발과 수염을 깎은 지 꽤 된 부스스한 얼굴에 깊게 패인 주름, 구부정한 등을 유심히 쳐다보았다. 삼사 년이란 시간이 그 정정했던 사내를 기운 빠진 노인네로 싹 바꿀 수 있다는 사실에 놀라움을 금치 못했다.

"날 알아보겠나?"

내가 그에게 물었다.

"자네하고 나는 구면이라네."

"그럴지도 모르지요."

그가 시무룩하게 대답했다.

"여기는 큰길이라 이곳을 드나드는 길손이 많아서요."

"자네 딸 두냐는 잘 있나?"

내가 또 물어보았다. 노인은 얼굴을 찌푸렸다.

"낸들 알 리가 있나요."

그가 대답했다.

"그럼 결혼해서 출가했다는 말인가?"

내가 말했다. 노인은 내 질문을 못 들은 척 하면서 내 역마권을 중얼중얼 읽어 나갔다. 나는 묻기를 그만두고 차를 가져오라고 시켰다. 궁금해서 애가 타들어가기 시작한 나는 내심 펀치 술이 내 옛 친구의 말문을 터주리라 기대했다.

내 예상이 맞았다. 노인은 내가 권한 술잔을 거절하지 않았다. 나는 럼주가 그의 우울한 기분을 희석시켰다는 걸 알아챘다. 두 번째 잔부터 그는 말이 많아졌다. 정말 내가 기억난 것인지 아니면 기억난 척 하는지는 알 수 없었다. 어쨌든 나는 그가 하는 이야기를 듣게 되었고, 당시 그 이야기에 흠뻑 빠져 감동을 받기까지 했던 것이다.

"그러니까 나리가 우리 두냐를 알았단 말씀이지요?"

그가 입을 열었다.

"그 애를 모르는 양반이 어디 있었을라고요? 아, 두냐, 우리 두냐! 정말 좋은 아이였는데! 오가는 이마다 다들 칭찬 일색이었고 트집 잡는 사람 하나 없었어요. 부인들은 그 아이에게 손수건이며 귀걸이를 선물로 주곤 했죠. 신사 분들은 지나는 길에 점심이나 저녁 식사를 하러 들렀다고 했지만, 실은 오로지 그 애를 좀 더 오래 보기 위해서였죠. 제아무리 화가 난 나리라도 그 애 앞에선 스르르 풀어져서 제게도 친절하게 말을 거셨죠. 나리, 믿기십니까요, 파발꾼이나 전령들조차 그 애랑은 족히 삼십 분은 수다를 떨었다니까요. 그 애는 집안 살림을 꽉 잡고 있었지요. 청소건 음식이건 뭐든 다 척척 해냈답니다. 저야말로 눈에 넣어도 아프지 않을 귀한 자식만 바라보는 늙다리 팔푼이였지요. 제가 우리 두냐를 미워하기라도 했나요? 아니면 내 새끼를 애지중지하질 않았나요? 걔는 이게 지긋지긋했던 걸까요? 아뇨. 누구도 나쁜 일을 피해갈 순 없어요. 운명은 바꿀 수 없는 법이거든요."

곧이어 그는 내게 아픈 속내를 자세히 털어놓기 시작했다.

삼 년 전 어느 겨울 밤, 역참지기는 새 장부에 줄을 긋고 있었고 두냐는 칸막이 뒤편에서 자기 옷을 만들고 있었다. 트로이카 마차 한 대가 다가오더니, 체르케스(19세기에 러시아 제국이 정복하기 전부터 북캅카스 일대에 살던 민족 – 옮긴이)식 모자에 군용 외투를 걸치고 스카프를 두른 손님이 말을 내달라며 집 안으로 들어왔다. 마침 말들은 모두 나가고 없었다. 이 소식을 들은 여행객이 목소리를 높이며 채찍을 들어 올리려는 찰나, 이런 광경에 익숙한 두냐가 칸막이 뒤에서 뛰어나와 그에게 요기라도 하지 않겠느냐고 사근사근하게 물어보았다.

두냐의 등장은 평소와 마찬가지로 효력을 발휘했다. 손님의 분노는 가라앉았다. 그는 말을 기다리기로 하고 저녁을 주문했다. 눈에 젖어 축축한 털모자를 벗고 목도리를 풀고 외투를 벗고 나니, 그 손님은 검은 콧수염을 기른 젊고 훤칠한 경기병이었다. 그는 역참지기 옆에 자리를 잡고 앉아 부녀와 함께 즐겁게 담소를 나누었다. 저녁식사가 나왔다. 그 사이 말들이 돌아왔고 역참지기는 먹이를 주지 말고 지금 당장 손님의 마차에 말을 매라고 분부했다. 그런데 집에 돌아와 보니 청년이 의식을 잃고 긴 의자에 누워있는 게 아닌가. 속이 울렁거리고 머리가 아파서 갈 수가 없다는 것이다... 어쩌란 말인가! 역참지기는 그에게 자기 침대를 양보했고 이튿날 아침에도 병세가 호전되지 않으면 S○○○ 마을로 약사를 부르러 사람을 보내기로 했다.

다음날 경기병의 상태는 더 악화되었다. 그의 부하가 약사를 데리러 말을 타고 도시로 갔다. 두냐는 식초에 적신 수건으로 그의 머리를 동여매고 나서 바느질감을 가지고 그의 침대 맡에 자리를 잡았다.

역참지기가 있으면 환자는 앓기만 할 뿐 거의 한마디도 하지 않았지만, 커피를 두 잔이나 들이켰고 끙끙 앓으면서 식사까지 주문했다. 두냐는 그의 곁을 떠나지 않았다. 그는 수시로 마실 것을 청했고 두냐는 직접 만든 레모네이드를 한 컵씩 가져다주었다. 환자는 입을 축이고 나서 컵을 돌려줄 때마다 고맙다며 힘없는 손으로 두냐의 손을 꼭 잡았다.

저녁 무렵에야 약사가 왔다. 환자의 맥을 짚고 나서 그는 잠시 독일어로 환자와 얘기하더니, 이어서 러시아어로 환자가 안정만 잘 취하면 이틀 후쯤에는 떠날 수 있을 거라고 자신 있게 말했다. 경기병은 그에게 왕진비로 이십오 루블을 내주면서 식사에 초대했고 약사는 승낙했다. 둘 다 배가 터질 만큼 먹었고 포도주 한 병을 다 비우고 나서야 서로 아주 흡족해하며 헤어졌다.

또 하루가 지났고 경기병은 완전히 기력을 회복했다. 신바람이 난 그는 입을 한시도 가만 놔두지 않고 두냐와 역참지기에게 번갈아가며 농담을 건넸다. 휘파람으로 노래를 부르고 여행객들과 이야기를 나누는가 하면, 그들의 역마권을 장부에 옮겨 쓰기도 했다. 선량한 역참지기는 이런 그가 너무 마음에 든 나머지 사흘째 되는 날 아침 이 다정한 숙박인과 헤어지는 게 섭섭할 지경이었다.

그날은 일요일이었다. 두냐는 예배당 갈 채비를 하고 있었다. 경기병의 마차가 준비되었다. 그는 숙박비와 식대를 후하게 지불하고서 역참지기와 작별 인사를 했다. 그는 두냐와도 인사를 나누며 동구 밖에 있는 예배당까지 데려다주겠다고 자청했다. 두냐는 망설였다...

"겁낼 게 뭐가 있니?"

아버지가 딸에게 말했다.

"나리님이 늑대도 아니고 널 잡아먹기야 하겠니. 예배당까지 타고 가거라."

두냐는 경기병과 나란히 마차에 앉았고 부하는 마부석에 올라탔다. 마부가 휘파람을 불자 말들이 달리기 시작했다.

가엾은 역참지기는 자기가 어쩌자고 두냐를 경기병과 함께 타고 가게 했는지, 어쩌다 눈이 멀어 사람도 제대로 못 알아봤는지, 어째서 그때는 제정신이 아니었는지를 도저히 이해할 수 없었다. 삼십 분도 채 안 돼 그는 가슴이 미어져 아려왔다. 차분히 기다리지도 못할 만큼 좌불안석이 된 그는 직접 예배당으로 향했다. 예배당 근처에 다다르니 사람들은 벌써 흩어지고 있었다. 두냐는 예배당 안뜰에도, 입구에도 없었다. 그는 황급히 예배당 안으로 들어갔다. 사제가 제단에서 내려오고 있었고 문지기는 촛불을 끄고 있었으며 노파 둘이 아직도 한쪽 구석에서 기도를 올리고 있었다. 하지만 두냐는 예배당 안에도 없었다. 가엾은 아버지는 가까스로 있는 힘을 짜내어 문지기에게 자기 딸이 예배 보러 왔는지 물어보았다. 문지기는 오지 않았다고 대답했다. 역참지기는 초죽음이 된 채 집으로 향했다. 남은 희망이라고는 단 하나, 두냐가 아직 어려서 철없는 마음에 대모님이 살고 있는 다음 역참까지 갔을지도 모른다는 것이었다. 그는 전전긍긍하며 자신이 태워 보낸 그 트로이카 마차가 되돌아오기를 기다렸다. 마부는 오지 않았다. 마침내 저녁 무렵이 돼서야 술에 취해 혼자 돌아온 마부는 두냐가 경기병이랑 같이 그 역참을 지나 멀리 가버렸다는 무서운 소식을 전했다.

노인은 자기 불행을 이기지 못하고 간밤에 젊은 사기꾼이 누워있던 바로 그 침대에 몸져눕고 말았다. 이제야 그간의 사정을 헤아려보게 된 역참지기는 그것이 꾀병이었다는 걸 알아챘다. 불쌍한 노인은 심한 고열에 시달리다 S○○○로 실려 갔고 그의 자리에는 임시로 다른 역참지기가 배정되었다. 경기병을 치료하러 왔던 바로 그 약사가 역참지기도 치료했다. 약사는 젊은이가 지극히 건강했으며, 그때 일찌감치 그자의 못된 의도를 간파했지만 채찍이 무서워 입을 다물고 있었노라고 딱 잘라 말했다. 독일인 약사가 사실대로 말한 것인지 아니면 자신의 선견지명을 자랑하고 싶어 한 것인지는 모르겠으나, 이 말은 가엾은 병자에게 털끝만큼의 위로도 되지 않았다.

간신히 병세가 호전된 역참지기는 S○○○ 우체국장에게 두 달간 휴가를 내달라고 청원했고, 누구에게도 무얼 할 건지 말하지 않고 걸어서 딸을 찾으러 떠났다. 역마권을 확인한 그는 기병 대위 민스키가 스몰렌스크를 거쳐 페테르부르크로 갔다는 것을 알아냈다. 그를 태워다 준 마부는 두냐가 스스로 내켜서 따라가는 것 같았지만 가는 내내 훌쩍거렸다고 말했다.

'운이 따라준다면,'

역참지기는 생각했다.

'길 잃은 내 어린 양을 집으로 데려올 수도 있겠구나.'

이런 생각을 하면서 페테르부르크에 당도한 그는, 이즈마일로프스키 연대에 있는 예전 동료인 퇴역한 하사관의 막사에 머물면서 딸을 찾기 시작했다. 그는 이내 기병 대위 민스키가 페테르부르크에 있으며 지금 데무트 여관에 체류하고 있다는 것을 알아냈다. 역참지기는 그를 만나봐야겠다고 결심했다.

아침 일찍 기병 대위의 접견실을 찾은 그는 늙은 군인이 뵙기를 청하니 나리님께 여쭈어달라고 부탁했다. 구두 골에 장화를 끼워 닦고 있던 부하는 나리가 주무시고 계시며 열한 시 이

전에는 면회가 불가능하다고 알렸다. 역참지기는 나갔다가 정해진 시간에 다시 왔다. 실내복 차림에 빨간 실내모를 쓴 민스키가 직접 나왔다.

"이보게, 용무가 뭔가?"

그가 역참지기에게 물었다. 마음이 올컥해져 눈에 눈물이 핑 돈 역참지기는 떨리는 목소리로 간신히 말했다.

"대위님!.. 크나큰 자비를 베풀어 주십시오!.."

그를 힐끗 쳐다본 민스키의 얼굴이 갑자기 붉으락푸르락해졌다. 그는 노인의 손을 잡아끌고 서재로 데리고 들어가 문을 잠갔다.

"대위님!"

노인이 말을 이었다.

"수레에서 떨어진 짐은 되찾을 수 없다지만(예전 러시아에서 수레에서 떨어진 짐을 두고 소유권을 주장하는 이가 많아, 아예 짐이 떨어진 땅의 주인이 그 짐을 소유하는 것으로 정한 법이 있었음 - 옮긴이), 우리 불쌍한 두냐만은 돌려주십시오. 우리 애랑 실컷 재미 보셨을 테니 공연히 우리 애를 망치지 말아주십시오."

"이미 엎질러진 물이야..."

젊은이가 몹시 당황한 기색으로 말했다.

"자네에겐 내가 죄를 지었지. 이렇게 용서를 빌 수 있으니 좋군. 내가 두냐를 버릴 거라고는 생각지 말게. 두냐는 행복할 걸세. 자네에게 약속하겠네. 그 사람은 이제 자네에게 필요 없지 않나? 두냐는 날 사랑하고 있네. 이전의 살림살이와도 멀어진 지 오래고. 자네나 두냐 둘 다 있었던 일을 잊기는 어려울 테지만."

말을 마치고 나서 그는 역참지기의 옷소매 속에 뭔가를 구겨 넣고는 방문을 열었고, 역참지기는 자신도 모르는 사이에 이미 집 밖에 나와 있었다.

못 박힌 듯 한동안 그 자리에 서 있던 그는 마침내 소맷부리 안에 들어있는 돈뭉치를 발견했다. 꺼내서 펴보니 구겨진 오루블, 십 루블짜리 지폐 여러 장이었다. 눈물이, 분에 못이긴 눈물이 그의 눈에서 다시 솟구쳤다! 그는 지폐를 손에 쥐고 구겨서 땅바닥에 내팽개쳐 구둣발로 짓이긴 후 자리를 떴다... 몇 걸음 가다가 멈춰선 그는 잠시 고민하다가... 되돌아섰다... 하지만 지폐는 벌써 거기 없었다. 잘 차려입은 청년 하나가 그를 보더니 삯마차 쪽으로 가 올라타고는 황급히 소리쳤다.

"출발하게!.."

역참지기는 마차를 쫓아가지 않았다. 그는 역참이 있는 자기 집으로 돌아가기로 마음을 먹었는데 그 전에 한 번이라도 가엾은 딸 두냐를 보고 싶었다. 이삼 일 후 또다시 민스키를 찾아갔지만 그의 부하는 뻣뻣하게 나리께서 아무도 들이지 말라고 했다면서 가슴팍으로 그를 접견실에서 밀어낸 후 면전에서 쾅 소리 나게 문을 닫았다. 역참지기는 한참을 그대로 서 있다가 발길을 돌렸다.

그날 저녁 그는 프셰스코르뱌쉬예 성당에서 예배를 본 후 리체이나야 거리를 따라 걷고 있었다. 돌연 그의 눈앞에 화려한 마차 한 대가 스쳐 지나갔고 역참지기는 그 안에 민스키가 타고 있는 것을 보았다. 마차는 삼층 건물의 입구 바로 앞에 섰고 경기병은 건물 현관으로 뛰어 들어갔다. 절묘한 생각이 역참지기의 머릿속에 떠올랐다. 되돌아온 그는 마부 곁에 나란히 선 채로 물어보았다.

"여보슈, 이게 뉘 댁 말이요? 민스키 대위님의 말 아니요?"

"그렇소만."

마부가 대답했다.

"그런데 뭐 볼 일이라도 있수?"

"그러니까 말일세, 자네 나리님께서 내게 두냐라는 분에게 이 편지를 전하라고 명했는데 내가 그만 두냐란 분이 사는 곳을 잊어버렸지 뭔가."

"바로 여기 2층이잖나. 자네 편지 전달이 늦었구먼, 나리님은 벌써 그 집에 가 계시다네."

"크게 문제될 리 있을라구."

설명할 길 없이 울렁거리는 가슴을 부여안고 역참지기는 대꾸했다.

"알려줘서 고맙수, 그럼 난 내 일을 끝마치겠네."

이 말과 함께 그는 계단을 올라갔다.

문은 잠겨 있었다. 그는 초인종을 눌렀고 몇 초가 흘렀다. 괴롭기 짝이 없는 기다림의 순간이었다. 열쇠가 철그렁 소리를 내며 문이 열렸다.

"아브도치야 삼소노브나가 여기 계신가요?"

그가 물어보았다.

"그런데요."

젊은 하녀가 대답했다.

"무슨 용무가 있어서 그러는데요?"

역참지기는 대답도 하지 않고 거실로 들어갔다.

"안 돼, 안 된다니까!"

하녀가 그를 뒤쫓아오며 고함쳤다.

"아브도치야 삼소노브나 마님은 손님과 같이 계신다니까."

하지만 역참지기는 들은 척도 안하고 계속 걸어 들어갔다. 처음 두 방은 어두웠지만 세 번째 방은 환하게 불이 켜져 있었다. 열린 방문 앞으로 다가가 그는 걸음을 멈추었다. 아름답게 꾸민 방 안에는 민스키가 생각에 잠긴 채 앉아있었다. 온갖 최신 유행으로 화려하게 치장한 두냐는 그의 안락의자 팔걸이에 걸터앉아 있었는데 마치 영국제 안장 위에 앉은 여자 기수 같았다. 그녀는 민스키의 검은 고수머리를 반짝거리는 자기 손가락으로 감아올리면서 다정하게 그를 쳐다보고 있었다. 가엾은 역참지기! 그의 눈에는 자기 딸이 지금처럼 아름답게 보인 적이 없었다. 그는 까무룩 넋을 놓은 채 두냐를 바라보았다.

"거기 누구세요?"

그녀가 고개를 숙인 채 물었다. 그는 시종 침묵했다. 대답이 없자 두냐는 고개를 들었고... 비명을 지르면서 양탄자 위에 쓰러졌다. 깜짝 놀란 민스키가 그녀를 일으켜 세우러 달려갔을 때문 앞에 있는 늙은 역참지기가 눈에 들어왔다. 그는 두냐를 그대로 둔 채 분노로 치를 떨면서 노인에게 다가갔다.

"대체 원하는 게 뭔가?"

이를 갈면서 민스키가 말했다.

"왜 도둑놈처럼 몰래 내 뒤만 쫓아다니지? 나를 찔러 죽이기라도 할 텐가? 썩 물러가게!"

그는 기운 센 손으로 노인의 옷깃을 잡고 계단으로 밀쳐냈다. 노인은 숙소로 돌아왔다. 그의 친구는 진정서를 내라고 권했다. 역참지기는 잠시 생각해보더니 손을 내저으며 포기하기로 마음을 먹었다. 이틀 후 그는 페테르부르크를 떠나 자기 역참으로 돌아왔고 다시 맡은 바 소임을 다하기 시작했다.

"벌써 삼 년째네요."

그가 이야기를 마무리했다.

"두냐 없이 산 지가 말입니다. 감감무소식이지요. 살았는지 죽었는지도 모른다니까요. 별의별 일이 다 일어나지 않습니까. 바람둥이 길손의 꾐에 넘어가 잠시 붙어살다 버림받은 처녀가 우리 애 하나겠어요. 걔가 마지막도 아닐 겁니다. 페테르부르크에는 넘쳐난답디다. 어리석은 젊은 여자들 말이에요. 오늘은 비단과 비로드로 휘감고 있지만, 보나마나 내일이면 술집 비렁뱅이들과 길거리를 쏘다닐 겁니다. 이따금씩 우리 두냐도 그렇게 몹쓸 지경이 되면 어쩌나 하는 생각이 들고, 그러면 저도 모르게, 죄받을 소리지만, 걔가 무덤 속에 들어앉아 있는 게 차라리 낫겠다 싶어지고..."

이상이 내 친구 늙은 역참지기가 들려준 이야기다. 이야기는 눈물 때문에 여러 차례 중단되곤 했는데, 그가 자기 옷자락으로 눈물을 훔치는 모습이 하도 그림처럼 생생해 마치 드미트리예프의 아름다운 발라드에 나오는 신실한 테렌티이치 같았다(러시아 감상주의 시인 I. 드미트리예프(1760-1837)의 시 『캐리커처』의 주인공 - 옮긴이). 그 눈물은 이야기를 하는 동안 마신 다섯 잔의 펀치가 일정 부분 촉발한 것이기도 했다. 그렇다 하더라도 그의 눈물은 내 마음에 크나큰 울림을 남겼다. 그와 헤어진 후에도 나는 한동안 늙은 역참지기를 잊을 수가 없었고 한동안 가엾은 두냐에 대해서도 생각했다...

최근에 나는 ○○○지방을 지나게 되었고 내 친구 생각이 났다. 그가 관리했던 역참은 이미 폐쇄되어 없어졌다는 것도 알게 되었다. 늙은 역참지기는 살아있는가? 라는 내 질문에 누구 하나 만족스러운 답을 주는 사람이 없었다. 나는 내가 익히 잘 아는 그곳을 가보기로 결심했고 자비로 말을 세내어 N 마을로 향했다.

때는 가을이었다. 잿빛 먹구름이 하늘을 뒤덮었고 찬바람은 추수가 끝난 들판에서부터 불어와 마주치는 나무마다 울긋불긋한 낙엽을 우수수 떨어뜨렸다. 나는 해질녘에 도착해서 역참 앞에 멈추었다. 뚱뚱한 아낙네가 현관(언젠가 가엾은 두냐가 내게 입 맞춰 주었던)으로 나와서 내 질문에 답을 해주었다. 일 년 전에 늙은 역참지기가 세상을 떠났으며, 그 사람 집에는 맥주 양조업자가 이사 왔고 자기가 그 양조업자의 아내라는 것이다. 여기까지 왔건만 별 소득을 얻지 못한 나는 서운했고 괜히 허비한 칠 루블도 아까웠다.

"역참지기는 어쩌다 죽었소?"

내가 맥주 양조업자의 마누라에게 물었다.

"술이 웬수였지요. 나리."

그녀가 대답했다.

"그럼 어디에다 묻었소?"

"동구 밖, 먼저 간 마누라 옆에요."

"그 사람 무덤에 날 좀 데려다줄 수 없겠소?"

"안 될 게 뭐 있나요. 애, 반카! 고양이랑은 이제 그만 놀거라. 나리님을 공동묘지까지 모시고 가서 역참지기 영감님 무덤을 알려드려."

이 말에 누더기 옷을 입은 빨간 머리의 애꾸눈 소년이 뛰어왔고 곧바로 나를 동구 밖까지 데려갔다.

"돌아가신 할아버지를 알았니?"

가는 길에 내가 소년에게 물었다.

"알다마다요! 할아버지가 나무 피리 깎는 법도 가르쳐 주셨는 걸요. 술집에서 돌아오는 길이면(천국에서 편히 쉬세요!) 우리들이 뒤를 좇아가는 거예요. 할아버지, 할아버지! 호두 주세요! 그러면 할아버지가 우리들에게 호두를 나누어주셨죠. 할아버지는 우리랑 언제든지 놀아줬거든요."

"오가는 손님들이 역참지기 얘기를 하더냐?"

"요즘엔 여기 오는 손님들이 워낙 없어서요. 관청에서 나리님이 온다한들 죽은 사람한테 관심이나 있나요 뭐. 올 여름에 마님이 한 분 왔었는데 늙은 역참지기에 대해 물어보고는 여기 무덤에 오셨댔죠."

"어떤 마님이더냐?"

내가 궁금해하며 물었다.

"너무나 예쁜 마님이었어요."

소년이 대답했다.

"말 여섯 필이 모는 마차를 타고 왔는데 어린 도련님 셋이랑 유모, 검정 발바리랑 함께였어요. 늙은 역참지기가 죽었다고 하니 울음을 터트리고는 아이들에게 말했어요. 얌전히 있거라, 엄마 잠깐 묘지에 다녀올게. 모셔다 드리겠다고 나섰더니 마님이 이렇게 말했어요. 길은 나도 안단다. 그러면서 제게 오 코페이카 은화를 주셨어요. 참 좋은 마님이셨죠!"

우리는 공동묘지에 다다랐다. 울타리 하나 없었고 나무 십자가만 군데군데 세워져 있을 뿐 그늘을 드리울 만한 나무 한 그루 없는 삭막한 곳이었다. 그렇게 애처로운 공동묘지는 내 생전 처음 보았다.

"이게 역참지기 할아버지의 무덤이에요."

소년이 모래 봉분 위에서 팔짝 뛰며 내게 말했다. 봉분 위에는 청동 성상이 달린 검정 십자가가 세워져 있었다.

"마님도 여기 오셨던 게냐?"

내가 물어보았다.

"오셨었죠."

반카가 대답했다.

"저는 멀찍이서 마님을 보고 있었어요. 마님은 여기 엎드린 채로 한참을 계셨더랬죠. 거기서 읍내로 와서는 신부님을 부르셨고 그 분에게 돈을 주고 가셨죠. 저한테는 오 코페이카 은화를 주셨고요. 참말로 훌륭한 마님이었다니까요!"

나 역시 소년에게 오 코페이카를 주었고, 내가 이 여행에 들인 시간도, 허비한 칠 루블도 더 이상 아까운 생각이 들지 않았다.

귀족 아가씨 농노 아가씨

Барышня-крестьянка

귀족 아가씨-농노 아가씨

두셴카, 그대는 뭘 입어도 아름답거늘.

보그다노비치

머나먼 우리 지방(地方) 어떤 현에 지주 이반 페트로비치 베레
스토프의 영지가 있었다. 젊어서 근위대에 복무하다가 1797년
초 퇴역하고 귀향한 그는 그때부터 그곳에 눌러 살았다. 가난
한 귀족 처녀와 결혼했으나, 아내는 사냥하느라 그가 집을 비
운 사이 아이를 낳다가 죽었다. 그는 곧 영지 경영으로 슬픔을
달랬다. 집도 손수 설계해 지었고 영지 안에 직물 공장도 세웠
으며 수입도 세 배로 늘려, 스스로 근방에서 제일 총명한 사람
이라는 자부심을 갖게 되었다. 식솔과 사냥개들을 데리고 그
의 집을 방문하는 이웃들도 이 점에 대해서는 토를 달지 않았

다. 그는 평일에는 무명 벨벳 외투를 입었고 축일에는 집에서 짠 나사지로 만든 프록코트를 입었다. 가계부도 몸소 작성했고 『원로원 통보』 외에는 아무 것도 읽지 않았다. 사람들은 그가 오만하다고 생각하면서도 대체로 그를 좋아했다. 다만 바로 근처에 사는 지주 그리고리 이바노비치 무롬스키만이 유일하게 그와 사이가 좋지 않았다.

그리고리 이바노비치는 진짜 러시아 귀족이었다. 모스크바에서 재산의 대부분을 탕진하고 홀아비가 된 그는 마지막 남은 시골 영지에 정착했는데, 여기서도 분탕질은 계속되었으나 단지 그 분야만 달라졌을 뿐이다. 그는 영국식으로 정원을 꾸미는 데 남은 재산을 거의 다 쏟아 부었다. 집안의 마부들은 영국의 경마 기수 복장을 했다. 딸의 가정교사도 영국 여자였다. 농사도 영국식으로 지었는데,

하지만 외국식을 따르면 러시아 곡식은 여물지 않는 법이라,

지출을 상당히 줄였음에도 불구하고 그리고리 이바노비치의 수입은 늘어나지 않았다. 그래서 그는 시골에서도 새로 빚을

얻어내는 방법을 찾아내곤 했다. 이 모든 정황에도 불구하고 그는 어리석은 사람 축에는 들지 않았는데, 마을 지주들 중 그가 맨처음으로 영지를 후견 위원회에 저당 잡히는 방법을 생각해냈고 당시에는 이런 방법이 오히려 매우 복잡하고 대담하게 보였기 때문이다.

그를 못마땅해하는 사람들 중에서 베레스토프가 제일 신랄했다. 그는 새로운 풍속을 증오하는 유별난 천성의 소유자였다. 이웃의 영국광 이야기만 나오면 잠자코 있지를 못하고 틈만 나면 꼬투리를 잡아 헐뜯으려고 했다. 가령 손님에게 소유지를 구경시켜주면서 영지 관리 능력을 칭찬하는 말이라도 듣게 되는 날이면 그 응답으로 이죽거리며 다음과 같이 말하는 것이었다.

"그럼요! 우리 집은 이웃 지주 그리고리 이바노비치 댁 같지는 않지요. 영국식으로 하다가 망할 일 있습니까! 러시아식으로 해도 배만 잔뜩 부릅디다."

이런 비아냥이나 비슷한 류의 농담은 이웃 사람들이 열심히 퍼뜨리는 사이 보태지고 부풀려져 그리고리 이바노비치의 귀에까지 들어갔다. 이 영국광은 우리네 저널리스트들이 그러하듯 남의 비판을 당최 견디지 못하는 사람이었다. 그는 노발대발하면서 자기를 험담하는 사람을 곰탱이 혹은 촌놈이라고 불러댔다.

두 지주 사이가 이러했을 즈음 베레스토프의 아들이 시골집에 내려왔다. 그는 ○○○대학에서 교육을 받았고 무관으로 근무할 생각이었는데 아버지가 승낙하지 않았다. 청년은 자기가 문관 업무에는 전혀 소질이 없다고 느꼈다. 부자는 서로 한 치도 양보하지 않았고, 이에 젊은 알렉세이는 만약을 대비해 콧수염을 기른 채(당시 수염은 군인의 상징 - 옮긴이) 당분간 지주 노릇을 하며 지내기로 했다.

알렉세이는 진짜 괜찮은 청년이었다. 그가 자신의 잘빠진 몸매에 착 들어맞는 군복을 걸칠 기회가 없다면, 말 등에 탄 멋진 모습을 보여주는 대신 서류 더미 앞에서 허리를 수그린 채 청춘을 보내야 한다면, 진정 유감일 터였다. 사냥터에서 물불 안 가리고 언제나 앞장서서 달리는 알렉세이를 본 이웃은 일제히 그가 쓸 만한 책상물림이 되기는 글렀다고 했다. 지주댁 처녀들은 그를 흘낏흘낏했고, 어떤 아가씨들은 아예 그에게서 눈을 떼지를 못했다. 정작 알렉세이는 별 관심을 보이지 않았는데, 아가씨들은 그가 무심한 이유가 사랑하는 사람이 따로 있기 때문이라고 추측했다. 아닌 게 아니라, 그가 쓴 어떤 편지의 수신인 주소를 베낀 쪽지가 손에서 손으로 돌고 있었다. <아쿨리나 페트로브나 쿠로치키나에게. 모스크바 시내 알렉세예프스키 수도원 맞은편 놋쇠 세공장 사벨리치 댁. 부디 이 편지를 A. N. R.에게 전해주시기를 부탁드립니다.>

내 독자들 가운데 시골에 살아본 적이 없는 분들은 이 벽촌의 아가씨들이 얼마나 매력적인지 상상하는 것조차 어려울 터! 맑은 바깥 공기와 정원의 사과나무 그늘에서 자란 그들은 사교계와 인생에 관한 지식을 책으로 익힌다. 고독과 자유, 독서는 일찌감치 그들의 마음속에 감정과 열정을 자라게 하는데 이는 정신없이 바빠 사는 우리네 수도 미인들이 알지 못하는 것이다. 말방울 소리가 들리면 시골 처녀들의 모험은 이미 시작되는 것이며, 가까운 도시 나들이는 일생일대의 사건이요, 손님의 방문은 한동안, 때로는 영원히 추억으로 간직되는 것이다.

물론, 이 처녀들의 색다른 모습을 비웃을 수도 있겠다. 그러나 겉모습만 보고 던진 농담 몇 마디가 그들의 본질적인 가치를 훼손하지는 못한다. 이를테면 가장 중요한 '성격의 특징' 즉 '개성(individualité)' 같은 것 말이다. 장 폴(독일 낭만주의 작가로 본명은 프리드리히 리히터(1763-1825) - 옮긴이)은 이것이 없다면 인간 존재의 위대함 또한 없다고 말했다. 수도의 여인들은 어쩌면 최상의 교육을 받았겠지만, 사교계의 관습이 곧 그들의 개성을 말끔히 다림질하며 마치 모자처럼 그들의 영혼을 똑같은 모양으로 만들어버린다. 이런 말로 타인을 재단하고 비난하고 싶은 생각은 없으나, 어느 고대의 주석가가 썼듯이 Nota nostra manet(우리의 주석은 유효하다)인 것이다.

우리 지주댁 아가씨들 마음에 알렉세이가 어떤 인상을 불러일으켰을지는 쉬이 상상이 가실 것이다. 처녀들은 그를 통해 처음으로 음울하고 환멸에 찬 모습을 보았으며, 또 처음으로 상실한 기쁨과 시들어버린 청춘에 대한 얘기를 들을 수 있었다. 심지어 그는 검은색 해골 문양이 새겨진 반지를 끼고 있었다. 이 모든 게 여기 시골에서는 최첨단 신식이었다. 처녀들은 그만 그에게 정신을 뺏기고 말았다.

그중 제일 열중한 이가 우리 영국광의 딸 리자(아니면 그리고리 이바노비치가 평소 부르듯 벳시)였다. 근처 아가씨들 모두가 그에 대해 이러쿵저러쿵 말하는 사이, 양가 부친의 왕래가 없었던지라 그녀만 아직 알렉세이를 못 본 상태였다. 리자는 열일곱 살이었다. 검은 눈동자는 그녀의 가무잡잡하고 붙임성 있는 얼굴에 생기를 더했다. 그녀는 외동딸이었고 그래서 응석받이로 귀엽게 자랐다. 말괄량이 리자가 쉴 새 없이 꾸미는 장난은 아버지를 즐겁게 했지만, 가정교사 미스 잭슨을 절망에 빠트렸다. 격식에 얽매이는 마흔 살의 노처녀는 얼굴을 하얗게 분칠하고 눈썹은 까맣게 그렸다. 일 년에 두 번씩『파멜라』(영국 소설가 새뮤얼 리처드슨(1689-1761)의 감상주의 소설 - 옮긴이)를 읽어주고 보수로 이천 루블을 받았는데 '이 야만의 나라 러시아'에서 지루해 죽을 지경이었다.

리자의 몸종은 나스챠였는데 나이는 더 많지만 주인아씨만큼이나 철이 없었다. 리자는 나스챠를 몹시 좋아했고 그녀에게 자기 비밀을 전부 다 털어놓았으며 둘이서 같이 장난칠 궁리를 하곤 했다. 한마디로, 나스챠는 프릴루치노 마을에서 프랑스 비극에 나오는 그 어떤 하녀보다 더 중요한 역할을 담당하고 있었던 것이다.

하루는 나스챠가 주인아씨에게 옷을 입히며 말했다.

"저 오늘 좀 놀러갔다 올게요."

"그러렴, 그런데 어디를?"

"투길로보 마을의 베레스토프 지주댁이요. 요리사 마누라가 명명일이라고 어제 우리한테 들러서 밥 먹으러 오라 하더라고요."

"이런! 주인님들은 으르렁대는데 아랫사람들은 밥도 같이 먹고 그러는구나."

리자가 말했다.

"주인댁 일이 저희들이랑 무슨 상관인가요!"

나스챠가 대꾸했다.

"게다가 저는 아씨 몸종이지 나리 몸종도 아닌 걸요. 아씨는 베레스토프 댁 도련님과 아직 싸우신 적도 없잖아요. 어르신들이야 싸우는 게 좋다면 실컷 싸우시라고 하죠, 뭐."

"나스챠, 알렉세이 베레스토프 얼굴을 꼭 보고 와서 나한테 낱낱이 얘기해줘. 어떻게 생겼고 또 성격은 어떤지 말야."

나스챠는 그러마고 약속했고 리자는 하루 종일 그녀가 돌아오기만을 눈이 빠지게 기다렸다. 저녁이 되어 나스챠가 왔다.

"리자베타 그리고리예브나, 저기."

나스챠가 방에 들어오면서 말했다.

"베레스토프 도련님을 봤어요. 그것도 꽤 자세하게. 종일 같이 있었는걸요."

"어떻게 그렇게 된 거야? 얘기해, 차근차근 얘기해봐."

"그럼 시작할게요. 우리는, 그러니까 저랑 아니시야 예고로브나랑 네닐라, 또 둔카..."

"그래, 알겠어. 그 다음엔?"

"순서대로 전부 다 말씀드린다니까요, 참. 우리가 식사 시간에 딱 맞춰 갔지 뭐예요. 손님들이 방안 가득 찼더라고요. 콜비노 마을과 자하리예보 마을에서 온 사람들, 관리인 마누라는 딸들이랑 같이 왔고, 흘루피노 마을에서 온 사람들은..."

"아휴 그래서? 베레스토프는?"

"좀 기다려보시라니까요. 다들 식탁에 앉았는데 관리인 마누라가 상석, 저는 그 옆에... 딸들은 입이 댓 발 나왔던데 저야 신경 쓰지 않았고요..."

"이런, 나스챠, 계속 시답잖은 것만 늘어놓을 셈이야?"

"성질도 급하셔! 그렇게 식사를 마치고 우리는 자리에서 일어

낯죠... 서너 시간 앉아 있었다니까요. 상을 어찌나 거하게 차렸던지. 블랑망제 젤리가 후식으로 나왔는데 파란 거, 빨간 거, 마블링 있는 거... 이제 식탁에서 물러나 우리는 술래잡기 하러 안뜰로 나갔는데 글쎄 젊은 나리님이 그리로 나오셨지 뭐예요."

"그래서? 진짜 말 그대로 잘생겼던?"

"기막히게 잘생겼어요. 미남이시더라고요. 체격도 좋고, 키도 훤칠하고 얼굴엔 발그스레한 혈색이 감돌고..."

"진짜? 난 그 사람 안색이 창백할 거라고 생각했지 뭐야. 그래서? 네가 보기엔 어때 보이던? 슬퍼 보였어? 생각에 빠져 있었어?"

"무슨 말씀이세요? 그렇게 신이 나 펄펄 뛰는 사람은 생전 처음 봤는걸요. 우리들이랑 술래잡기하겠다고 하신 분도 도련님이라니까요."

"너희들이랑 술래잡기하고 뛰어다녔다고? 말도 안 돼!"

"말이 된다니까요! 게다가 또 뭘 생각해내셨게요! 잡히면 뽀뽀하기요!"

"잘도 지어내는구나, 나스챠. 거짓말 마."

"아씨가 멋대로 해석하시네요. 전 거짓말 안 해요. 저도 간신히 도망쳐 다녔단 말이에요. 하루 종일 우리들이랑 이렇게 장난치며 놀았다니까요."

"그럼 사랑에 빠져서 아무도 쳐다보지 않는다는 소문은 대체 어떻게 된 거야?"

"저도 모르죠. 절 어찌나 유심히 쳐다보시던지. 그리고 관리인의 딸 타냐도요. 콜비노 마을에서 온 파샤도 쳐다보셨죠. 말씀드리긴 쑥스럽지만 우리들 중 누구 하나도 무시하지 않으셨어요. 그런 장난꾸러기가 없다니까요!"

"놀랍다 정말! 집안에선 그 사람이 어떻다고들 하디?"

"훌륭한 도련님이라고들 하던데요. 마음씨 좋고 명랑하다고. 흠이 하나 있다면 여자애들 뒤꽁무니 쫓아다니는 걸 심하게 좋아하신단 건데, 제가 보기엔 흉잡힐 일은 아닌 거 같아요. 시간이 가면 어련히 철이 드실라구요."

"나도 그 사람 한번 보고 싶다!"

리자가 한숨을 쉬며 말했다.

"어려울 게 뭐 있나요! 투길로보가 여기서 먼 데도 아니고요. 끽해야 삼 베르스타인걸요. 그쪽으로 산보를 가시거나 아니면 말을 타고 가보시던가요. 틀림없이 마주치실 걸요. 도련님은 날마다 아침 일찍 총을 메고 사냥을 나가신다니까요."

"그건 아냐, 별로인걸. 내가 자기 뒤를 졸졸 쫓아다닌다고 생각할 수도 있잖아. 더군다나 아버지들끼리는 티격태격하시는 마당에 내가 그 사람이랑 안면을 트고 지낼 순 없잖아. 아, 나스챠! 이건 어때? 내가 농사꾼으로 변장하는 거야!"

"정말 그러면 되겠네요. 두툼한 루바슈카(셔츠의 일종 - 옮긴이)에 사라판(농군 여인들이 입는 긴 치마 - 옮긴이)을 입고 용감하게 투길로보로 가시는 거예요. 베레스토프 도련님이 아씨한테 눈길을 주지 않을 리가 없다는 걸 제가 보장해요."

"내가 여기 사투리도 제대로 하잖아. 아, 나스챠, 사랑하는 나스챠, 무지 근사한 생각이지 뭐니!"

리자는 자기가 꾸민 이 유쾌한 계획을 당장 실행에 옮겨야겠다고 작정하고 잠자리에 들었다.

이튿날 리자는 이 계획을 즉각 실행에 옮겼다. 시장에 사람을 보내 두꺼운 아마포와 중국제 청색 무명, 구리 단추를 사오게 한 뒤 나스챠의 도움으로 루바슈카와 사라판을 몸에 맞게 마름질해서 하녀들을 다 불러 모아 바느질을 시켰다. 이로써 저녁 무렵에 모든 준비를 마칠 수 있었다. 새 옷이 잘 맞는지 거울 앞에 비추어보던 리자는 자기 자신이 이토록 사랑스러워 보인 적이 없었다는 걸 인정했다. 그녀는 맡은 바 역할을 되풀이하여 연습했다. 걷다가 허리를 깊숙이 숙여 인사하고 나서 찰흙 고양이 인형처럼 몇 차례 고개를 끄덕이고 농부들의 말투로 이야기하면서 소맷부리로 입을 가리고 웃었는데, 나스챠에게 완벽하다는 칭찬을 들었다. 딱 한 가지 어려움이 있었다. 맨발로 밖에 나가 걸어보았는데 풀잎이 그녀의 부드러운 발바닥을 콕콕 찔렀고 모래나 자갈돌은 참기 힘들 정도로 아팠다. 이번에도 나스챠가 곧바로 문제를 해결했다. 리자의 발 치수를 재서 목동 트로핌이 있는 들판으로 달려가 발에 딱 맞는 짚신 한 켤레를 주문했다.

이튿날 동이 트기도 전에 리자는 잠에서 깼다. 집안사람들은 아직 다들 자고 있었다. 나스챠는 대문 밖에서 목동을 기다리고 있었다. 뿔피리 소리가 울리면서 마을의 가축 떼 행렬이 지주댁 마당 옆을 지나갔다. 트로핌은 나스챠 앞을 지나면서 그녀에게 알록달록 꾸민 조그만 짚신을 건넸고 보상으로 오십 코페이카를 받았다. 리자는 조용히 농노 아가씨 복장으로 갈아입고서 나스챠에게 귓속말로 미스 잭슨에게 전할 말을 일러두고는 뒷문으로 나가 텃밭을 가로질러 들판으로 뛰어갔다. 동쪽 하늘이 붉게 물들며 환하게 밝았고 황금빛 구름 행렬은 마치 군주의 알현을 대기 중인 신하들처럼 태양을 기다리고 있는 것 같았다. 청명한 하늘, 신선한 아침 공기, 이슬방울, 한 줄기 바람, 새들의 노랫소리가 리자의 마음에 어린애다운 명랑한 기운을 가득 불어넣었다. 아는 사람이라도 만날까 봐 조마조마한 마음에 그녀의 행보는 걷는다기보다 날아가는 듯 보였다. 아버지 영지 경계에 있는 숲 가까이 이르렀을 때, 리자는 소리를 더 죽여가며 걸었다. 그녀는 여기서 알렉세이를 기다려야 했다. 그녀의 심장은 세차게 뛰었는데 왜 그런지는 본인도 몰랐다. 하지만 젊은 시절 우리들의 철부지 장난에 수반되기 마련인 두려움이야말로 그 장난의 가장 큰 매력이기도 한 것을.

리자는 어두운 숲속으로 들어갔다. 숲에서 울려 퍼지는 둔탁한 소음이 그녀를 반겨주었다. 들뜬 마음이 차분해졌다. 그녀는 서서히 달콤한 공상에 빠져들었다. 그녀는 생각에 잠겼다...

그렇지만 과연 열일곱 살 난 귀족 아가씨가 혼자서 봄날 아침 다섯 시에 숲속에서 무슨 생각을 하는지 말로 정확히 표현할 수 있겠는가? 생각에 잠긴 채 양편에 키 큰 나무들이 우거진 그늘 길을 따라 가고 있었는데 갑자기 멋진 사냥개 한 마리가 그녀를 보고 짖기 시작했다. 리자가 깜짝 놀라 비명을 질렀다. 그때,

착하지, 스보가르(프랑스 소설가 샤를 노디에의 소설 『장 스보가르』 (1818)에서 따옴 - 옮긴이), 이리 온...(tout beau, Sbogar, ici) 하는 목소리가 들렸고, 이윽고 덤불숲 뒤에서 젊은 사냥꾼이 나타났다.

"겁먹을 것 없어, 귀여운 아가씨."

그가 리자에게 말했다.

"내 개는 물지 않으니까."

놀란 가슴을 진즉에 가라앉힌 리자는 곧장 이 상황을 이용할 수 있었다.

"그렇지 않은 걸요, 나리."

그녀는 반쯤 놀란 척, 반쯤 수줍은 척하면서 말했다.

"무서워요, 저것이 성질 사납게 생겼잖아요. 또 덤벼들 태세

네요."

알렉세이는(독자분들은 이미 그가 누군지 알아보셨을 터) 그 사이 젊은 농노 아가씨를 뚫어져라 쳐다보았다.

"무서우면 내가 데려다 주마."

그가 리자에게 말했다.

"옆에서 같이 가도 되겠지?"

"말릴 사람 없을 걸요?"

리자가 대답했다.

"맘대로 하세요. 사람 다니라고 난 길인데요, 뭐."

"어디서 왔니?"

"프릴루치노에서요. 대장장이 바실리의 딸이고요. 버섯 따러 가는 길이에요."

(리자는 끈 달린 바구니를 들고 있었다.)

"나리님은요? 투길로보 분이시죠?"

"정확하군."

알렉세이가 대답했다.

"난 그 댁 도련님의 시종이지."

알렉세이는 그녀와 동등한 사이가 되기를 원했다. 하지만 리자는 그를 빤히 쳐다보더니 웃음을 터뜨렸다.

"거짓말도 잘 하셔."

그녀가 말했다.

"제가 바보 멍청이인줄 아시나 본데. 척 봐도 나리님이시구만."

"대체 뭘 보고 그렇게 생각하는 거니?"

"전부 다요."

"그래? 놀라운걸?"

"아무려면 나리님과 아랫사람도 구분 못하겠어요? 옷차림도 다르고 말본새도 다른 데다가, 저 개도 우리말로 부르지 않잖아요."

알렉세이는 시간이 갈수록 리자에게 끌렸다. 예쁘장한 시골 처녀들을 격의 없이 대하는 데 익숙해진 그가 리자를 껴안으려고 했다. 그러자 그녀는 팔짝 뛰면서 뒤로 물러나더니 돌연 엄격하고 쌀쌀맞은 태도를 취했다. 이런 모습에 알렉세이는 실소를 머금었지만 더 이상 다른 뭔가를 해볼 엄두를 내진 못했다.

"앞으로 저랑 친구가 되고 싶으시다면요."

리자가 품위 있게 말했다.

"신중하게 처신하셔야 해요."

"누가 너한테 그렇게 유식한 말을 가르쳐 주던?"

알렉세이가 껄껄 웃으면서 물어보았다.

"혹시 내가 아는 나스첸카 아니야? 너희 댁 아가씨 하녀 말이다. 교양이라는 게 바로 이런 식으로 퍼져나가는 거로군."

리자는 자기 역할에서 벗어났다는 걸 감지하고는 당장 바로 잡았다.

"무슨 말씀을 하시는 거예요?"

그녀가 말했다.

"아무렴 제가 주인 나리 댁 안마당도 구경 못해봤을라고요? 저도 들을 만큼 듣고 볼 만큼 봤다고요. 그나저나."

리자가 말을 이었다.

"도련님과 수다 떨다가는 버섯은커녕 뭐 하나 못 따겠네요. 이쪽으로 가세요, 도련님. 저는 저쪽으로 갈 테니. 그럼 이만 안녕히..."

리자는 자리를 뜨고 싶었지만 알렉세이가 그녀의 손을 붙잡았다.

"이름이 뭐니? 귀여운 아가씨야."

"아쿨리나."

리자가 알렉세이의 손아귀에서 애써 자기 손을 빼내면서 대답했다.

"도련님 놔주세요, 집에 가봐야 한다고요."

"음, 나의 벗 아쿨리나, 내가 당장 네 아비인 대장장이 바실리 집에 가야겠다."

"뭐라고요?"

리자가 펄펄 뛰며 반대했다.

"제발요, 오지 마세요. 제가 도련님이랑 단둘이 숲에서 수다 떨었다는 걸 집에서 아는 날엔 저는 그날로 끝장이에요. 우리 아버지 대장장이 바실리가 절 죽도록 두들겨 팰 거라고요."

"그런데 나는 널 꼭 다시 봐야겠는데?"

"그럼 제가 버섯 따러 언젠가 여기 다시 올게요."

"언제?"

"내일이라도 올게요."

"귀여운 아쿨리나, 너한테 뽀뽀하고 싶지만 하지 않으마. 그럼 내일 이 시간에, 그렇지, 맞지?"

"네, 네."

"날 속이진 않겠지?"

"안 속일게요."

"맹세해."

"성 금요일(러시아 농민의 정교 신앙에서 바느질과 물레질을 담당한 성녀 파라스케바를 기리는 금요일 - 옮긴이)을 두고 맹세해요. 올 게요."

젊은이들은 헤어졌다. 숲에서 나온 리자는 들판을 가로질러 몰래 안뜰로 들어가 나스챠가 기다리는 농장으로 부리나케 뛰어갔다. 거기서 그녀는 옷을 갈아입었고, 참을성 없는 하녀에게 건성으로 대답하면서 거실에 모습을 나타냈다. 식탁 위에는 아침 식사가 준비되어 있었다. 벌써 얼굴을 하얗게 분칠하고 포도주 잔처럼 허리를 잘록하게 졸라맨 미스 잭슨은 나이프로 빵을 얇게 자르고 있었다. 아버지는 딸의 이른 아침 산책을 칭찬했다.

"그보다 더 건강에 좋은 건 없지."

그가 말했다.

"동틀 때 일어나는 것 말이다."

그러면서 그는 백 살이 넘도록 산 사람들은 하나같이 보드카를 마시지 않으며 겨울이건 여름이건 동이 트면 일어난다는 사실을 지적하면서 영국 잡지에서 인용한 장수 사례를 몇 가지 늘어놓았다. 리자는 아버지의 말을 듣지 않았다. 그녀는 아침에 만났을 당시의 전후 상황과 아쿨리나와 젊은 사냥꾼이 나눈 대화를 전부 다 머릿속으로 복기했다. 그러자 양심에 가책이 느껴졌다. 둘이서 한 대화는 예절에 어긋나지 않았다고, 그런 장난은 일파만파로 일이 커질 리 없다고 제 스스로 반박해보았지만 소용없었다. 양심은 이성보다 더 큰 목소리로 속삭였다. 그중에서도 내일 만나기로 약속해버린 것이 그녀를 가장 괴롭혔다. 그녀는 자기가 한 엄숙한 맹세를 아예 지키지 않겠노라 결단을 내릴 참이었다. 하지만 그렇게 되면, 그녀를 기다리다 허탕 친 알렉세이가 대장장이 바실리의 딸, 뚱보에다 곰보인 진짜 아쿨리나를 찾으러 마을에 올 지도 모를뿐더러 그러다가 그녀가 경솔하게 장난쳤다는 걸 알게 될지도 모른다. 이런 생각에 리자는 몸서리를 쳤고 결국 그녀는 이튿날 아침 아쿨리나가 되어 숲에 다시 가기로 마음을 먹었다.

알렉세이 편에서는 한껏 부푼 마음으로 온종일 새로 만난 여자 친구 생각만 했다. 밤에는 가무잡잡한 미녀의 모습이 상상

의 나래를 펼쳐 꿈속까지 쫓아왔다. 먼동이 트기도 전에 그는
벌써 옷 입기를 마쳤다. 엽총에 탄약을 장전할 시간도 없이 그
는 충직한 스보가르를 데리고 들판으로 나가 만나기로 약속
한 장소로 내달렸다. 그가 애타게 기다리는 사이 삼십 분 가량
이 흘렀다. 이윽고 덤불숲 사이로 어른거리는 파란색 사라판
이 눈에 들어왔고, 그는 이내 사랑스러운 아쿨리나를 맞으러
뛰어갔다. 그녀는 고맙다며 환호하는 그에게 미소를 지어주었
다. 하지만 알렉세이는 단박에 그녀의 얼굴에 근심 걱정이 한
가득이라는 것을 알아보았다. 그는 이유가 뭔지 알고 싶었다.
리자는 자기가 경솔하게 처신했던 걸 후회하고 있다고 이번만
은 약속을 어기고 싶지 않아서 왔지만 이게 마지막 데이트가
될 것이며 좋은 결실을 맺지 못할 게 뻔한 이 교제를 여기서
끝내달라는 말로 속내를 다 털어놓았다.
이 모든 말이 당연히 농민의 어투로 전달되었지만, 평범한 아
가씨 안에 있는 비범한 생각과 감정에 알렉세이는 깜짝 놀랐
다. 그는 자기가 아는 미사여구를 최대한 동원하여 아쿨리나
의 마음을 돌이켜보려고 했다. 자기는 정말 순수한 마음으로
원할 뿐이라고 설득하면서 절대로 그녀가 후회할 만한 일을

만들지 않을 것이며 또 매사에 그녀의 말에 순종하겠다고 약속했다. 그러면서 정 그렇다면 하루걸러 한 번, 아니면 일주일에 두 번이라도 만나달라며 단둘이 만나는 이 유일한 기쁨을 앗아가지 말라고 그녀에게 애원했다. 그는 진실한 열정의 언어로 말했는데 이 순간 그는 사랑에 빠진 게 명백했다. 리자는 입을 다문 채 그의 말을 듣고만 있었다.

"하나만 약속해 주세요."

그녀가 마침내 말했다.

"마을에 와서 절 찾거나 저에 대해서 물어보고 다니지도 마세요. 제가 정한 날 말고 다른 날에 저와 만나지 않겠다고 약속해주세요."

알렉세이가 성 금요일을 걸고 맹세하겠다고 하자 그녀는 웃으면서 그를 말렸다.

"저한테 맹세는 필요 없어요."

리자가 그에게 말했다.

"약속 하나만으로도 충분한 걸요."

그러고 나서 둘은 리자가 집에 갈 시간이라고 할 때까지 숲속을 거닐면서 다정하게 이야기를 나누었다. 헤어지고 나서 혼자

남은 알렉세이는 단 두 번 만났을 뿐인데도 어떻게 해서 평범한 시골 처녀가 그의 마음을 진실로 휘어잡게 되었는지 도무지 이해할 수 없었다. 아쿨리나와의 교제에서 그는 생경한 매력을 느꼈다. 이 희한한 농노 처녀의 지침은 버겁게 여겨졌지만 그에게 약속을 어긴다는 생각은 아예 떠오르지 않았다. 사실 알렉세이는 불길한 반지와 비밀스런 서신 교환, 음울하고 환멸에 찬 표정에도 불구하고 착하고 혈기 왕성한 청년이었고 순결한 기쁨을 누릴 줄 아는 순수한 마음을 가지고 있었다. 만약에 내가 나 하고 싶은 대로만 했다면, 틀림없이 이들 청춘의 밀회와 나날이 커져만 가는 서로에 대한 호감과 신뢰 그리고 둘이 만나서 한 일과 대화를 죄다 아주 자세하게 묘사했을 것이다. 그렇지만 내 독자분들 대다수가 내가 만족하는 만큼 공감하지 않으리란 것도 잘 알고 있다. 이런 디테일은 달달하다 못해 느끼해 보일 게 틀림없으므로 생략하되, 다만 두 달이 채 안 돼 우리의 알렉세이가 넋을 잃을 정도로 사랑에 빠졌으며 리자는 그에 비해 말수가 적기는 했지만 역시 각별한 마음이 커져 갔다고 간략하게만 말하련다. 둘은 현재 행복했고 미래에 대해서는 거의 생각하지 않았다

끊을 수 없는 인연을 맺었다는 생각이 자주 그들의 머릿속에 떠올랐지만 서로 이에 대해서는 입도 뻥긋하지 않았다. 이유는 명백했다. 알렉세이가 사랑스러운 아쿨리나에게 제아무리 푹 빠져있었다 해도 자신과 농노 처녀 사이에 존재하는 거리는 머릿속에 항상 박혀 있었다. 한편 리자는 양가 부친이 앙숙 지간이라는 걸 잘 알기에 그들이 화해하리란 기대를 차마 가질 수 없었다. 게다가 그녀의 허영심은 급기야 투길로보의 지주가 프릴루치노의 대장장이 딸 앞에 무릎을 꿇는 걸 보고 말겠다는, 소설에나 나올 법한 어렴풋한 희망에 남몰래 빠져 있었다. 그런데 느닷없이 이들의 관계를 일거에 뒤집어놓을 뻔한 중대한 사건이 일어났다.

(우리 러시아의 흔하디흔한 가을 날씨인) 어느 청명하고 쌀쌀한 아침, 이반 페트로비치 베레스토프는 말을 타고 산책을 나가면서 만약을 대비해 보르조이 사냥개 서너 쌍과 견부(말을 타고 갈 때 앞에서 고삐를 잡고 끌거나 뒤에서 따르는 하인 - 옮긴이), 사냥용 딱따기를 든 시동 몇몇을 거느리고 출발했다. 같은 시간, 그리고리 이바노비치 무롬스키도 좋은 날씨에 혹하여 영

국식으로 꼬리를 자른 암말에 안장을 얹으라고 시키고선 영국식으로 꾸민 영지 주변을 속보로 달리기 시작했다. 숲 가까이 다가가자 여우털 안감을 댄 코카서스풍의 외투를 걸치고 말 등에 거만하게 앉아 있는 이웃 지주가 눈에 띄었다. 그는 시동들이 딱따기를 치면서 고함지르며 덤불숲에서 몰고 있는 토끼를 기다리고 있었다. 그와 마주치리라는 걸 미리 알았더라면 무롬스키는 당연히 되돌아갔을 터였다. 하지만 워낙 갑작스럽게 베레스토프와 맞닥뜨리게 된 데다 정신을 차려보니 그는 이미 권총 사정거리 안에 들어와 있었다. 어쩔 도리가 없었다. 무롬스키는 교양 있는 유럽인답게 자신의 적수에게 다가가 깍듯하게 인사했다. 베레스토프도 똑같이 공을 들여 답례했는데 그 모습이란 마치 사슬에 묶인 곰이 주인의 명령에 따라 '손님들에게' 절하는 것 같았다.

바로 그때 토끼 한 마리가 숲에서 튀어나와 들판으로 달아났다. 베레스토프와 견부는 목이 터져라 고함치며 사냥개들을 풀었고 그 뒤를 전속력으로 쫓았다. 사냥터에 한번도 나가본 일이 없던 무롬스키의 말은 겁을 집어먹고 내달렸다. 자칭 뛰어난 기수였던 무롬스키는 불쾌한 이웃 지주에게서 벗어날 기회가 생겼다고 내심 좋아하며 말이 맘껏 달리도록 내버려두었다. 그러나 미처 눈여겨보지 못한 골짜기에 다다르자 그의 말은 갑자기 방향을 틀었고 무롬스키는 그만 균형 감각을 잃었다. 얼어붙은 맨땅에 꽈당 부딪힌 그는 꼬리 잘린 암말을 저주하며 바닥에 쓰러졌다. 말은 기수가 없다는 걸 알아차리자마자 정신이라도 든 듯 바로 걸음을 멈추었다.

베레스토프가 그에게 다가와서 다친 데는 없느냐고 물었다. 그 사이 베레스토프의 견부는 죄 지은 말에 자갈을 물려 끌고 왔다. 견부는 무롬스키가 안장에 앉도록 거들었고 베레스토프는 그를 자기 집에 초대했다. 신세졌다는 생각에 무롬스키는 거절할 수가 없었다. 이리하여 베레스토프는 사냥개가 잡은 토끼와 전쟁 포로나 다름없는 부상당한 자신의 원수를 데리고 위풍당당하게 집으로 돌아왔다.

두 이웃 지주는 아침을 들면서 꽤 사이좋게 담소를 나누었다. 무롬스키는 타박상 때문에 말을 타고 집에 갈 수 있는 상황이 아니라고 솔직히 말하고서 베레스토프에게 마차를 부탁했다. 베레스토프는 현관 앞까지 그를 배웅했고, 무롬스키는 베레스토프에게 내일 꼭 (아들 알렉세이 베레스토프도 함께) 친구로서 프릴루치노에 와 식사를 하겠다는 약속을 받아낼 때까지 떠나지 않았다. 이리하여 겁 많은 꼬리 잘린 암말로 인해 두 집안의 뿌리 깊고 오래된 반목은 사라질 준비가 된 것 같았다.

리자가 그리고리 이바노비치를 맞으러 뛰어왔다.

"아빠, 이게 무슨 일이에요?"

그녀가 깜짝 놀라 말했다.

"다리는 왜 절어요? 아빠 말은 어쩌고요? 이건 어떤 분의 마차에요?"

"무슨 일이 있었는지 넌 상상도 못할 게다. 마이 디어(my dear)."

그리고리 이바노비치가 딸에게 답하면서 저간의 사정을 소상히 말해주었다. 리자는 자기 귀를 의심했다. 그리고리 이바노비치는 리자가 정신을 수습할 겨를도 주지 않고 내일 집으로 베레스토프 부자가 식사를 하러 올 거라고 알렸다.

"무슨 말씀을 하시는 거여요?"

안색이 창백해진 리자가 말했다.

"베레스토프 부자라고요? 내일 우리집에서 식사를 한다니! 안 돼, 아빠 맘대로 하세요. 전 코빼기도 안 보일 테니까."

"너 정신이 나가기라도 한 게냐?"

아버지가 꾸짖었다.

"언제부터 네가 수줍음을 탔다고 그러니? 아니면 무슨 소설의 여주인공마냥 대대로 그 집안에 원한이라도 있는 게냐? 그만하면 됐으니 어리석은 짓 말고..."

"아뇨, 아빠, 세상 귀한 보물보다 더한 것을 준다 해도 전 베레스토프 부자 앞에 안 나타날 거라고요."

딸이 고집을 부리면 딱히 답이 없다는 걸 알기에 그리고리 이바노비치는 어깨를 으쓱하고는 더 이상 딸과 입씨름을 하지 않았고, 기억에 남을 만한 오늘 아침 산책의 피로를 풀러 갔다. 리자베타 그리고리예브나는 자기 방으로 가서 나스챠를 불렀다. 둘은 내일 있을 방문에 대처하기 위해 한참동안 머리를 굴렸다. 알렉세이가 이 교양 넘치는 귀족 아가씨가 아쿨리나라는 걸 알게 된다면 무슨 생각을 하겠는가? 그녀의 행실과 지침들, 그녀의 분별력에 대해 어떤 마음이 들겠는가? 다른 한편으로, 리자는 이 같은 뜻밖의 만남이 그에게 어떤 인상을 불러일으킬지 빤히 보고 싶은 마음도 몹시 컸다... 불현듯 그녀의 머릿속에 한 가지 생각이 반짝였다. 그리고 곧장 나스챠에게 그 생각을 전했다. 둘은 횡재라도 한 듯이 기뻐하며 그것을 당장 실행에 옮기기로 했다.

이튿날 아침 식사 자리에서 그리고리 이바노비치는 여전히 베레스토프 부자를 만나지 않고 숨어있을 속셈인지 딸에게 물었다.

"아빠, 원하신다면 손님을 맞을게요, 하지만 조건이 하나 있어요. 제가 어떤 모습으로 그 분들 앞에 나타나건, 어떤 행동을 하건 간에 아빠는 절 나무라지 마시고요. 깜짝 놀라시거나 불쾌해 하셔도 안돼요."

리자가 대답했다.

"또 무슨 장난을 치려고!"

그리고리 이바노비치는 웃으면서 말했다.

"알았다, 알았어, 그러마. 하고 싶은 대로 하려무나. 까만 눈의 말괄량이 우리 딸."

이 말을 하면서 그는 딸의 이마에 입을 맞추었고, 리자는 준비하러 뛰어나갔다.

정각 두 시에 여섯 필의 말이 끄는, 집에서 직접 제작한 사륜마차가 정원으로 들어섰고 빽빽하게 자란 원형 잔디밭을 한 바퀴 돌아서 멈춰 섰다. 늙은 지주 베레스토프는 제복을 입은 무롬스키 집안의 하인 둘의 부축을 받으며 현관 계단을 올랐다. 뒤이어 말을 타고 도착한 그의 아들이 아버지와 함께 식사가 이미 다 차려져 있는 식당으로 들어왔다. 그리고리 이바노비치는 더할 나위 없이 상냥하게 이웃 지주를 대접했고, 식사 전에 정원과 사육장을 구경하자면서 정성껏 쓸고 닦아 모래로 덮은 오솔길로 안내했다. 늙은 지주 베레스토프는 속으로 이다지도 쓸모없는 취미에 들인 시간과 노력이 아깝다고 생각했지만 예의상 입을 다물고 있었다. 그의 아들은 구두쇠 지주의 불만에도, 허영기 많은 영국광의 열의에도 공감하지 않았다. 그는 소문으로만 숱하게 접한 집주인의 딸이 등장하기만을 애타게 기다렸다. 비록 그의 마음은 우리가 잘 알다시피 이미 꽉 차 있었지만, 젊은 미녀는 언제나 그의 상상력을 자극할 권리를 가진 법.

거실로 돌아온 그들 셋은 자리를 잡고 앉았다. 늙은 지주들은 과거지사와 군 복무 시절의 일화들을 돌이켜보았고 알렉세이는 리자가 나타나면 어떤 역할을 연기할지 곰곰이 생각하고 있었다. 그는 어느 경우에든 잘 통하기 마련인 냉정하고 무심한 역할을 연기하기로 결심했고 이에 따라 채비를 마쳤다. 문이 열리자 그는 타고난 요부라 하더라도 즉시 몸서리를 치게 만들만큼 냉랭하게, 또 오만하고 무관심한 표정으로 고개를 돌렸다. 그러나 운 나쁘게도, 리자 대신 얼굴을 하얗게 분칠하고 허리를 잘록하게 조인 노처녀 미스 잭슨이 들어와 눈을 아래로 내리깔고 무릎을 가볍게 굽히며 인사를 하는 바람에 그의 멋진 군사 작전은 허탕이 되고 말았다. 그가 다시 실력을 발휘하기도 전에 문이 또다시 열렸고 이번에는 리자가 방 안으로 들어왔다. 모두 다 자리에서 일어났다. 그녀의 아버지는 손님들을 소개하려고 하다가 갑작스레 멈추고는 허둥지둥하며 입술을 깨물었다... 리자, 가무잡잡한 얼굴의 리자가 귀까지 새하얗게 분을 바르고서 눈썹은 미스 잭슨보다 더 짙게 물들였던 것이다. 원래 머리색보다 훨씬 더 밝은 색의 곱슬머리 가발은 루이 14세의 가발처럼 굽이쳤고 '아 랑베실à l'imbécile'(바보 같은) 소매는 마담 퐁파두르의 페티코트처럼 불룩했다. 허리는 X자처럼 꽉 조였으며 아직 전당포에 잡히지 않은 어머니의 금붙이는 그녀의 손가락과 목, 귀에서 온통 반짝거렸다. 알렉세이는 이렇게 우스꽝스럽고 휘황찬란한 귀족 아가씨가 자기의 아쿨리나라는 걸 알아보지 못했다. 그의 부친은 그녀의 손을 잡고 인사를 했고 그 역시 마지못해 아버지를 따라했다. 그가 리자의 하얗고 가느다란 손가락을 만지자 그녀의 손가락이 파르르 떨리는 것 같았다.

그때 알렉세이는 한껏 애교를 부려 보란 듯이 치마 밖으로 튀어나온 구두 속 그녀의 작고 귀여운 발을 보게 되었다. 나머지 차림새에 비하면 상당히 봐줄 만한 구석이었기에 그는 얼마간 기분이 나아졌다. 분칠한 얼굴과 검은 눈썹으로 말하자면 그는 워낙에 단순한 성격의 소유자여서 첫눈에도 가짜인줄 몰라봤을 뿐만 아니라 추후에도 전혀 의심을 하지 않았다. 그리고리 이바노비치는 딸에게 한 약속을 떠올리고서 놀란 기색을 보이지 않으려고 애썼다. 그렇지만 딸의 장난이 너무 재미있어서 그는 자제력을 발휘하기가 힘들었다. 격식에 얽매이는 영국 여자는 전혀 웃을 기분이 아니었다. 눈썹먹과 분을 자기 화장대에서 훔쳐갔다는 걸 알고 기분이 나빠진 그녀의 얼굴은 선홍빛이 되었고 분을 발라 억지로 하얗게 만든 안색마저 붉게 물들었다. 그녀는 이글거리는 눈빛으로 젊은 말괄량이를 째려봤지만, 리자는 변명과 해명을 뒤로 미뤄놓았던 차라 짐짓 그녀의 시선을 못 본 척 하고만 있었다.

그들은 식탁에 앉았다. 알렉세이는 무심하고 우울한 역할을 계속해 연기했다. 리자는 새침을 떨면서 말을 늘여 빼가며 부정확한 발음으로 오로지 프랑스어로만 말했다. 그녀의 아버지는 딸의 의도를 알 수가 없어 수시로 딸을 쳐다보긴 했으나 이 모든 게 순전히 재밌게만 여겨졌다. 영국 여자는 단단히 화가 나서 아예 입을 다물었다. 베레스토프 혼자만 제 집처럼 속이 편했다. 두 사람 분을 먹어치웠고 얼큰하게 취했으며 자기 농담에 자기가 웃었고 시간이 갈수록 더 다정하게 얘기하면서 껄껄 웃어댔다.

마침내 자리에서 일어났다. 손님들은 떠났고 그리고리 이바노비치는 참았던 웃음보를 터뜨리며 질문을 퍼부었다.

"얘야, 그런데 말이다, 분이 너한테 잘 어울리더구나. 여인네들의 화장 비법까지 가타부타 할 생각은 없다만 내가 너라면 얼굴에 분을 바르겠다. 물론 너무 심하게는 말고 살짝만 말이다."

리자는 자기가 꾸며낸 일이 성공하자 날아갈 듯 기뻤다. 그녀는 아버지를 껴안고 해주신 충고를 고려해보겠다는 약속을 하고 나서, 화가 단단히 난 미스 잭슨에게 사과하러 뛰어갔다. 그녀는 마지못해 자기 방문을 열어주면서 리자의 변명을 들어보겠다고 했다. 리자는 낯선 사람들 앞에 그런 새까만 얼굴로 나서는 게 부끄러웠지만 부탁할 용기가 없었고... 마음씨 착하고 상냥한 미스 잭슨이 자기를 용서해줄 거라고 믿어 의심치 않았고... 등등. 리자가 자기를 놀림거리로 만들려던 것이 아니란 것을 확인하고 나서야 마음의 안정을 되찾은 미스 잭슨은 그녀에게 입을 맞춘 뒤 화해의 표시로 영국제 분첩을 한 통 선물했고 리자는 진심 어린 감사를 표하면서 그 분첩을 받았다. 독자분들은 리자가 다음날 아침에 지체 없이 밀회의 숲에 갔으리란 걸 짐작하고도 남으리라.

"도련님, 어젯밤에 우리 주인 나리 댁에 다녀가셨죠?"

그녀가 알렉세이를 보자마자 말했다.

"주인아씨는 어떻던가요?"

알렉세이는 별 관심 없었다고 대답했다.

"아쉽다."

리자가 대꾸했다.

"왜 어째서?"

알렉세이가 물었다.

"왜냐면요, 도련님한테 물어보고 싶었거든요. 그 소문이 사실인가..."

"무슨 얘길 하는 거니?"

"진짜 그래요? 제가 우리 주인아씨를 닮았다고들 하던데?"

"말도 안 되는 소리! 그 사람은 너에 비하면 추녀 중의 추녀야."

"어머나, 도련님, 죄받을 소리 하지 마세요. 우리 주인아씨는 얼굴도 뽀얗고 얼마나 멋쟁인데요! 어디다 절 비교하세요!"

알렉세이는 리자가 온 세상의 얼굴 하얀 귀족 아가씨들보다 훨씬 더 예쁘다고 맹세하면서 그녀를 한층 안심시키기 위해 주인아씨가 얼마나 우스꽝스러운지 묘사하기 시작했고 덕분에 리자는 실컷 웃었다.

"그래도."

한숨을 쉬며 리자가 말했다.

"주인아씨가 아무리 웃기게 생기셨어도 아씨에 비하면 전 까막눈에 무식쟁이잖아요."

"이런!"

알렉세이가 말했다.

"속상할 일도 많다! 원한다면 지금 당장이라도 내가 글을 가르쳐주마."

"참말이세요?"

리자가 말했다.

"정말 배워봐도 되나요?"

"그러자꾸나. 귀여운 아가씨. 지금 당장이라도 시작해 보자."

그들은 자리에 앉았다. 알렉세이는 주머니에서 연필과 수첩을 꺼냈고 아쿨리나는 놀랄 정도로 빠르게 알파벳을 익혔다. 알렉세이는 그녀의 빠른 이해력에 놀라지 않을 수 없었다. 다음 날 아침 그녀는 쓰기도 해보고 싶어졌다. 처음에는 연필이 말을 안 들었지만 몇 분이 지나자 알파벳을 제법 또박또박 쓰게 되었다.

"이건 기적이야!"

알렉세이가 말했다.

"영국의 랭커스터식 교육법보다 우리 교육 방식이 더 빠르잖아!"

정말로 세 번째 수업에서 아쿨리나는 『귀족의 딸 나탈리야』(러시아 감상주의 소설가이자 역사가 N. 카람진(1766-1826)의 소설 - 옮긴이)를 더듬더듬 읽어냈고 간간이 자기 생각을 더하면서 읽기를 멈추곤 했는데 그 생각은 알렉세이를 진심으로 놀라게 만들었다. 또한 그녀는 이 소설에서 발췌한 명문장들로 종이 한 장을 빽빽하게 채웠다.

일주일이 지나자 둘은 서신 교환을 시작했다. 우체통은 늙은 참나무 구멍에 설치되었다. 나스챠는 비밀리에 우체부의 소임을 다했다. 알렉세이가 큼지막한 글씨로 쓴 편지를 가져가면 바로 그 자리에서 사랑하는 여인의 서투른 글씨가 적혀 있는 평범한 파란색 종이를 발견하곤 했다. 아쿨리나는 확실히 기품 있는 어법에 익숙해져갔고 또한 그녀의 지혜도 눈에 띄게 자라고 축적되어갔다.

그러는 사이 얼마 전부터 안면을 트게 된 이반 페트로비치와 그리고리 이바노비치의 친분은 점점 더 두터워졌고 곧 우정으로 발전했는데 바로 이와 같은 사정이 뒷받침되었다. 그리고리 이바노비치는 이반 페트로비치가 세상을 떠나면서 그의 재산을 전부 다 아들 알렉세이의 손에 넘길 것이고 그렇게 되면 알렉세이는 현에서 제일가는 부유한 지주가 될 테니 그럴 경우 그가 리자와 결혼하지 않을 하등의 이유가 없다는 생각을 틈틈이 하곤 했다.

늙은 지주 이반 페트로비치는 이웃 지주에게 나사 빠진 구석이 있기는 하나 (그의 표현대로라면 영국에 미친 바보) 장점도 많다는 것을 부정하지 않았다. 예를 들면 그는 보기 드물게 수완이 좋았다. 게다가 명문 세도가인 프론스키 백작의 가까운 친척이었다. 백작은 알렉세이에게 쓸모가 클 것이고 그리고리 이바노비치도(이반 페트로비치는 그렇게 생각했다) 자기 딸의 유리한 조건을 내세워 시집보낼 기회가 생기니 기뻐할 만했다. 지금껏 이 모든 걸 매일 혼자서만 궁리하던 노인네들은 급기야 서로에게 털어놓고서 같이 부둥켜안고 차근차근 일을 진행하기로 약속한 뒤 각자가 제자리에서 맡은 바 역할에 착수했다.

그리고리 이바노비치는 난관에 봉착했다. 그것은 딸내미 벳시에게 그날의 특별한 식사 이후로 줄곧 만나지 않았던 알렉세이와 더 친하게 교제해보라고 설득하는 일이었다. 둘 다 서로맘에 들어하는 기색이 없어 보였다. 적어도 알렉세이는 진작부터 프릴루치노에 발걸음을 하지 않았고 리자는 이반 페트로비치가 친히 거동해 방문할 때마다 제 방으로 가버렸던 것이다. 하지만 그리고리 이바노비치는 만약 알렉세이가 우리집에 매일 오면 벳시도 그 청년을 좋아하게 될 거라고 생각했다. 이게 순리인 것이다. 시간이 모든 걸 해결해 줄 터였다.

이 계획의 성공 여부에 대해 이반 페트로비치는 걱정이 덜한 편이었다. 그날 밤 그는 아들을 서재로 불러놓고 파이프 담배를 피우며 얼마간 침묵하다 입을 열었다.

"얘, 알료샤(알렉세이의 애칭), 요즘 들어 통 군 복무에 대해선 말을 않는구나? 아니면 이제는 근위대 제복이 탐나지 않는 게냐?"

"아뇨, 아버지."

알렉세이가 공손하게 대답했다.

"제가 근위대에 가는 걸 아버지께서 탐탁지 않아 하시는 거 압니다. 아버지께 순종하는 것이 제 의무이지요."

"잘되었다."

이반 페트로비치가 대답했다.

"우리 아들이 효자로구나. 내가 마음이 놓인다. 나도 너를 억지로 집어넣을 생각은 없다... 지금 당장은... 관청에 나가라곤 안 하마. 지금으로서는 널 장가보낼 생각이다."

"아버지, 상대가 누굽니까?"

깜짝 놀란 알렉세이가 물어보았다.

"리자베타 그리고리예브나 무롬스카야다."

이반 페트로비치가 대답했다.

"비할 데 없는 신붓감이지, 그렇지 않느냐?"

"아버지, 저는 결혼에 대해선 생각해보지 않았어요."

"네 녀석이 생각하지 않으니 이렇게 내가 널 위해 생각하고 또 생각하지 않았니."

"그건 아버지 생각이시죠, 리자베타 그리고리예브나는 정말 제 맘에 안 든다고요."

"차차 맘에 들게다. 인내하다 보면 사랑도 하게 되는 법."

"그 분을 행복하게 해 줄 자신이 없습니다."

"그 아이 행복은 네 놈이 걱정할 바 아니고. 뭣이 어째? 그러니까 아비 말을 잘 듣는다는 게 이런 거냐? 좋다!"

"좋으실 대로 하세요, 전 결혼하고 싶지도 않고 결혼하지도 않을 겁니다."

"하라면 하는 거야, 안 그러면 된통 혼날 줄 알아라. 내 기필코 영지를 팔아서 몽땅 써버리고 네 놈에게는 한 푼도 남겨주지 않겠다. 사흘간 생각할 말미를 주마, 그동안에는 내 눈앞에 얼씬도 말거라."

알렉세이는 아버지가 한번 어떤 생각에 골몰하면, 타라스 스코티닌(D. 폰비진(1744-1792)의 희곡 『미성년』 속 등장인물 - 옮긴이)의 표현대로 절대 빼도 박도 못한다는 걸 익히 알고 있었다. 그러나 알렉세이도 아버지를 닮아서 그를 말로 설득하는 것 역시 그만큼 쉽지 않았다. 그는 자기 방에 가서 아버지가 지닌 권한의 한계에 대해, 리자베타 그리고리예브나에 대해, 자기를 알거지로 만들겠노라는 아버지의 엄포에 대해, 끝으로 아쿨리나에 대해 곰곰이 생각했다. 처음으로 그는 자기가 그녀를 열렬하게 사랑하고 있음을 확실하게 깨달았다. 농노 아가씨와 결혼하여 자기 힘으로 먹고 산다는 소설 같은 생각이 머릿속에 떠올랐고, 이 결연한 행동에 대해 생각하면 할수록 더욱 그것이 합당하다는 생각이 들었다. 비가 계속 내리는 날씨 탓에 언제부터인가 숲에서의 데이트는 중단되었다. 알렉세이는 아쿨리나에게 편지를 썼는데 아주 또박또박한 필체로 아주 열렬한 표현을 구사하여 둘을 위협하는 파멸에 대해 알리고서 곧바로 그녀에게 청혼을 했다. 그는 곧장 편지를 우체통인 참나무 구멍에 넣고 돌아와 스스로 아주 흡족해하며 잠자리에 들었다.

이튿날 자기 계획에 확신을 가진 알렉세이는 솔직하게 담판을 짓기 위해 아침 일찍 지주 무롬스키 댁으로 갔다. 그는 노지주가 아량을 베풀어 자기편이 되어주기를 기대했다.

"그리고리 이바노비치께서는 댁에 계신가?"

그가 프릴루치노 대저택 현관 앞에 말을 세우고 물었다.

"안 계십니다."

하인이 대답했다.

"그리고리 이바노비치 나리는 아침부터 출타 중이십니다."

'이런 망했군.'

알렉세이는 생각했다.

"그럼 리자베타 그리고리예브나 아가씨라도 댁에 계시겠지?"

"계십니다."

그러자 알렉세이는 말에서 내려 하인의 손에 고삐를 넘기고 방문했다는 기별도 하지 않고 집 안으로 들어갔다.

'다 잘 풀리겠지.'

그는 거실 쪽으로 걸어가면서 생각했다.

'그 분과 직접 담판을 지어야겠군.'

그는 거실로 들어갔고... 그 자리에 기둥처럼 우뚝 섰다! 리자...
아니 아쿨리나가, 가무잡잡한 얼굴의 사랑스러운 그녀가 사라
판이 아니라 하얀 모닝 드레스를 입고 창가에 앉아 알렉세이
의 편지를 읽고 있었다. 그녀는 너무 몰두한 나머지 그가 들어
오는 소리도 듣지 못했다. 알렉세이는 기쁨에 겨워 터져 나오
는 환성을 참을 수가 없었다. 리자는 몸서리를 치며 고개를 들
더니 외마디 비명을 지르고서 도망치려고 했다. 그는 그녀를
붙잡으려고 달려갔다.

"아쿨리나, 아쿨리나!..."

리자는 그에게서 벗어나려고 애썼다...

"Mais laissez-moi donc, monsieur, mais êtes-vous fou?(놔주세
요, 무슈, 정신 나가셨어요?)"

그녀는 외면하면서 이 말만 되풀이했다.

"아쿨리나! 나의 벗 아쿨리나!"

그녀의 손에 입을 맞추면서 그가 되뇌었다.

이 장면의 목격자가 된 미스 잭슨은 어찌된 일인지 영문을 몰
랐다. 이때 문이 열리면서 그리고리 이바노비치가 들어왔다.

"어라!"

그리고리 이바노비치가 말했다.

"그래, 너희들끼리 벌써 일사천리로 일을 해결한 모양이로구나..."

독자분들은 이야기의 결말을 묘사해야 하는 불필요한 의무에서 내가 벗어나도록 해주시리라.

고(故) 이반 페트로비치 벨킨 이야기

Повести покойного Ивана Петровича Белкина

이 다섯 개의 단편 소설은 원래는 『벨킨 이야기』라는 제하에 1831년 발표되었다. 새로운 문학 경향인 산문으로 나아가는 길은 그에게도 순탄하지만은 않았다. 당시 산문 형식에 대해 확신이 서지 않았던 푸시킨은 가공인물인 벨킨이 이 소설을 쓴 것으로 소개하면서, 자신은 이 단편집의 출판인일 뿐이라며 글 뒤에 정체를 숨긴다.(하지만, 푸시킨이 썼다는 것을 많은 이들이 알고 있었다.) 진짜 푸시킨의 이름으로 정식 출간된 것은 그로부터 3년 후이다. 이 글은 이미 세상을 떠난 것으로 설정한 가상작가 벨킨을 푸시킨이 소개하는 글이다. 벨킨은 푸시킨의 분신과도 같다.

고(故) 이반 페트로비치 벨킨 이야기

프로스타코바 부인:

그건요, 어르신, 얘가 어릴 적부터 이야기를 무척이나 좋아했거든요.

스코티닌:

미트로판은 날 닮은 게지.

『미성년』

출판인의 말

지금 독자 대중 앞에 선보이는 I. P. 벨킨의 이야기 모음집 출간 작업에 임하면서 우리는 고인이 된 작가의 생애사를 짤막하게나마 추가하여 조국 문학 애호가들이 응당 가질 법한 호기심을 얼마간이라도 충족시켜 보고자 했다. 이를 위하여 우리는 이반 페트로비치 벨킨의 가까운 친척이자 상속녀인 마리야 알렉세예브나 트라필리나와 접촉해 보았다. 그러나 애석하게도 그녀는 고인과 일면식도 없었기 때문에 우리에게 작가에 대한 어떤 정보도 제공해주지 못했다. 그녀는 우리에게 이반 페트로비치의 친우였던 점잖은 신사 한 분과 접촉해보라고 조언해주었다. 우리는 그 조언을 따랐고, 우리가 보낸 서한에 아래와 같이 바라던 답신을 얻게 되었다. 고상한 사고방식과 감동적인 우정을 기리는 소중한 기념비이자 충분한 생애사 정보로서도 손색이 없는 이 서한을 첨삭 하나 없이, 주석 하나 달지 않고 그대로 싣기로 한다.

존경하옵는 ○○○ 귀하!

이달 15일자로 보내주신 귀하의 서신을 이달 23일에 감사히 잘 받아 보았습니다. 제 진정한 벗이자 이웃 지주였던 고(故) 이반 페트로비치 벨킨의 출생과 사망, 군 복무, 집안 분위기, 그리고 직업과 성정에 대한 자세한 정보를 받고자 하신다는 소망을 서신으로 피력하셨지요. 지극히 기꺼운 마음으로 그 소망을 받들어 수행코자, 고인과 나눈 대화에서 취한 것과 더불어 제가 개인적으로 보고 들은 것 가운데 기억나는 내용을 전부 다 귀하께 적어 보내고자 합니다.

이반 페트로비치 벨킨은 1798년 고류히노 마을에 사시는 정직하고 고귀하신 부모님 슬하에서 태어났습니다. 작고하신 부친 표트르 이바노비치 벨킨 이등 소위는 트라필리나 가문의 처자 펠라게야 가브릴로브나와 결혼했습니다. 선친께서는 부유하지는 않았어도 절도를 아시는 분이었고 영지 경영 부문에 있어서는 매우 영민하셨습니다. 그분들의 아드님은 마을의 교회지기에게서 기본 교육을 받았습니다. 그가 독서 취미와 러시아 문학이라는 업을 갖게 된 것은 바로 이 분의 가르침이 있었기 때문이라고 봅니다. 1815년 그는 경기 보병 연대에 입대하여(연대의 번호는 기억나지 않습니다) 1823년까지 복무했습니다. 양친이 거의 동시에 별세하시는 바람에 그는 불가피하게 전역을 해야 했고 세습 영지가 있는 고류히노 마을로 낙향했습니다.

영지 경영에 착수했지만 이반 페트로비치는 경험도 없는데다 마음이 여린 탓에 얼마 지나지 않아 관리에서 손을 놓아버려 선친이 세워놓은 엄격한 기강을 해치고 말았습니다. 그는 농노들이 못마땅해하던 (그들은 늘상 이렇습니다) 바지런하고 재빠른 관리인을 해고하고 구수한 이야기 솜씨로 그의 신임을 얻은 창고지기 할멈에게 영지 관리를 맡겼습니다. 이 멍청한 노파는 이십오 루블짜리 지폐와 오십 루블짜리 지폐도 구별할 줄 모르는 위인이었습니다. 농노들은 그들 모두의 대모였던 노파를 전혀 무서워하지 않았습니다. 농노들이 선출한 촌장이란 사람은 그들의 잘못을 눈감아 주었을뿐더러 아예 한통속이 되어 사기를 치는 바람에 이반 페트로비치는 부역 제도를 폐지했고 지대(地代)도 아주 적당한 선에서 책정해야만 했습니다. 그럼에도 농노들은 주인의 여린 마음을 악용해 첫 해에는 지대 감면 혜택을 엄청나게 받더니, 이듬해에는 지대의 삼분의 이 이상을 호두와 산딸기 같은 것으로 지불했습니다. 그런데도 미납자가 남아 있을 정도였지요.

이반 페트로비치의 작고하신 양친의 벗으로서 저는 아드님에게 충고를 드리는 것이 제 몫이라고 여겼기에 그가 손놓아버린 기존의 질서를 복구해보겠다고 자진해 나서기를 수십 번도 더 했습니다. 하루는 그의 영지에 가서 회계 장부를 내놓으라고 한 뒤에 사기꾼 관리인을 불러서 이반 페트로비치가 있는 앞에서 그 장부를 검토했습니다. 젊은 지주는 처음에는 최대한 관심을 기울이며 열심히 저를 따라왔습니다. 그런데 장부상으로 최근 이 년간 농노의 수는 늘고 가금류와 가축 수는 보란 듯이 줄었다는 게 밝혀지자 이반 페트로비치는 첫 번째 사실에 만족하더니 이후로는 제 말을 듣지 않았습니다. 이것저것 따져보고 엄격하게 문책하여 사기꾼 관리인을 사지로 몰아넣어 찍소리 못하게 만들어버린 순간, 이반 페트로비치가 의자에 앉은 채로 드르렁드르렁 코 고는 소리를 듣고 있자니 울화가 치밀더군요. 그때 이후로 저는 그의 집안일에 간섭하지 않았고 그의 일을 (본인도 그러했듯이) 하늘의 뜻에 맡겼습니다. 하지만 이런 일이 우리의 친밀한 교우 관계를 훼손하지는 않았습니다. 왜냐하면 제가 그의 유약함, 그리고 우리 젊은 귀족 청년들에게서 공통적으로 나타나는 태만함을 동정하며 이반 페트로비치를 진정으로 아꼈기 때문입니다. 이토록 온유하고 정직한 청년을 어떻게 사랑하지 않을 수 있었겠습니까. 이반 페트로비치 편에서도 저를 어른으로 대접해주었으며 진심으로 저를 따랐습니다. 습관도 사고방식도 성정도 서로 닮은 데라고는 없었지만 그는 저와 나누는 소박한 담소를 소중히 여겼으며 우리는 그가 세상을 하직하기 직전까지 매일 만나다시피 했습니다.

이반 페트로비치는 아주 절도 있는 생활을 하며 무절제는 일절 피했습니다. 저는 단 한 번도 그가 거나하게 취한 모습을 본 적이 없습니다(우리 고장에서는 듣도 보도 못한 기적이라고 여겨집니다만). 여성들에게 크나큰 호의를 보였음에도 불구하고 그는 처녀들마냥 정말로 수줍음이 많았습니다.

(뒤이어 일화가 하나 있었지만 필요 없는 관계로 여기에 싣지 않았다. 하지만 그 일화는 이반 페트로비치 벨킨을 비난할 만한 그 어떤 추억거리도 제공하지 않는다는 사실을 독자분께 장담하는 바이다.)

이 서신에서 언급한 소설 외에도 이반 페트로비치는 여러 편의 원고를 남겼습니다. 그 일부는 제가 소장하고 있으며 나머지는 그 집 창고지기 할멈이 여러 가지 집안 살림 용도로 사용했습니다. 지난겨울에는 할멈이 사는 별채 창문을 그가 쓰다만 장편 소설의 제 1장으로 모조리 발라놓기도 했지요. 앞서 제가 언급한 소설은 그의 첫 번째 습작인 것으로 알고 있습니다. 그 소설은, 이반 페트로비치가 말했듯이, 상당수가 실화이며 그가 여러 계층의 사람들로부터 들은 이야기입니다.(실제로 벨킨 씨의 원고에는 이야기가 시작되는 곳마다 작가의 자필로 '누구누구에게' 들었다고 써둔 기록이 있다(관등이나 신분, 성과 이름의 이니셜). 호기심이 발동하여 찾아볼 독자들을 위해 옮겨 적기로 한다. 『역참지기』는 9등 문관 A. G. N.이, 『한 발의 총성』은 육군 중령 I. L. P.가, 『장의사』는 점원 B. V.가, 『눈보라』와 『귀족 아가씨』는 K. I. P.라는 이름의 처녀가 그에게 들려준 이야기다.) 하지만 소설 속에 등장하는 인명은 그가 직접 지어낸 것이며, 촌락이나 마을 명칭은 우리 고장에서 차용한 것이라서 이곳 이름이 소설 어디엔가 나오기도 하는 것입니다. 이는 어떤 악의가 있어서 한 것이 아니라 오로지 상상력이 모자랐기 때문입니다.

이반 페트로비치는 1828년 가을 열감기로 앓아누웠는데 그것이 열병이 되었고 티눈 같은 만성 질환을 치료하는 데 특히나 탁월한 솜씨를 발휘하는 우리 현 내 약사의 끈질긴 노력에도 불구하고 세상을 떠났습니다. 세상에 나온 지 서른 해만에 그는 제 품 안에서 영면했고 고류히노 마을 교회당에 누워계신 양친 가까이에 묻혔습니다.

이반 페트로비치는 중키에 눈동자는 회색빛이었고 머리칼은 아마빛(밝은 갈색에 재색과 금발이 섞여 있는 전형적인 러시아인의 머리색 - 옮긴이)이었으며 콧날은 반듯했고 안색은 창백했으며 좀 마른 편이었습니다.

이상이 고인이 된 제 이웃이자 벗이었던 이의 사고방식과 직업, 성정과 외모와 관련하여 제가 기억을 더듬어 귀하께 말씀드릴 수 있는 전부입니다. 하온데, 혹시라도 제 서신에서 필요하다고 사료되는 부분을 가져다 쓰실 경우 제 이름만은 언급을 삼가 주시기를 간청합니다. 비록 제가 작가분들을 지극히 존경하고 아낀다고는 하나 이 일을 업으로 삼기에는 부적절할뿐더러 제 나이에도 맞지 않는 점잖지 못한 일이기 때문입니다. 진심으로 존경을 표하며 이만 총총.

1830년 11월 16일
네나라도보 마을
우리 작가의 훌륭하신 친구분의 뜻을 존중하는 것이 우리의 도리인지라 우리는 정보를 제공해주신 데 대해 그에게 심심한 사의를 표하며 독자 대중이 그 정보의 진실성과 선의를 높이 사주시기를 아울러 기대해 본다.

A. P.

해설

푸시킨의 삶과 작품세계

- 『벨킨 이야기』가 보여주는 '길 떠남-시련-귀환'의 내러티브

서울 소공동(을지로) 롯데호텔에 세워진 푸시킨의 동상. 한국과 러시아의 민간교류를 상징하는 표석으로 2013년 동상이 들어선 이 자투리땅이 한국의 '푸시킨 플라자'다.

해설

푸시킨의 삶과 작품세계
- 『벨킨 이야기』가 보여주는 '길 떠남-시련-귀환'의 내러티브

심지은

서울 소공동 롯데타운 한편에는 '러시아 시문학의 태양'이자 '러시아 근대문학의 아버지'라 일컬어지는 알렉산드르 세르게예비치 푸시킨(Aleksandr Sergeevich Pushkin, 1799-1837)의 동상이 고즈넉이 서있다. 한국과 러시아의 민간교류를 상징하는 표석으로 2013년 동상이 들어선 이 자투리땅이 한국의 '푸시킨 플라자'다. 아시아권에서는 중국 상하이에 이어 두 번째로 조성된 시인의 동상인데, 시인에게는 "세계시민이 될 자격이 충분하다"고 했던 19세기 비평가 벨린스키의 예언이 실현된 것일까. 한국인이 사랑하는 톨스토이와 도스토예프스키는 말할 것도 없고, 투르게네프, 체호프에 비해서도 국내에는 상대적으로 덜 알려진 이 시인의 동상이 러시아의 상징으로 한국에 오게 된 데에는 무엇보다 러시아문학사·문화사에서 시인이 점하고 있는 불변의 가치와 위상에 기인한다. "18세기 표트르 대제의 개혁에 러시아가 푸시킨이라는 천재로 응수했다"는 19세기 사상가 게르첸의 표현은 결코 과장이 아니다. 3세기에 걸친 몽골제국의 지배로 서유럽에 비해 상대적으로 문화 지체를 겪어야 했던 러시아는 시인의 등장으로 비로소 '때늦은 르네상스'를 맞았다. 시인이 살고 창작했던 19세기 전반부를 '푸시킨의 세기'라고 칭하며 특별히 기억하는 것은 이런 이유에서다. 러시아 문화사에서 가장 찬란한 기억을 가진 시절을 기록한 푸시킨의 삶과 예술은 이로써 서유럽 문화를 적극적으로 수용해 자기화하는 데 성공한 러시아의 축적된 경험과 자부심의 척도가 된다. 푸시킨이 러시아 근대문학을 정초함과 동시에 그것을 단숨에 정점에 올려놓았다는 평가는 19세기 이전 러시아 문학의 초라한 성취와 러시아 정신의 미약한 발전상을 일거에 상쇄하기 위한 수사적인 표현에 그치지 않는다.

실제로 러시아 문학사에서 푸시킨의 시문학이 없었다면 19세기 초 러시아 서정시의 황금시대는 도래하지 않았을 것이며, 19세기 후반 비판적 리얼리즘 소설의 빛나는 성취 또한 리얼리즘을 정초한 시인이 없었다면 불가능했을 것이다. 나아가 20세기 초 유례없는 과감한 예술 실험을 주도했던 러시아 모더니즘의 유산 또한 시인의 혁신적 도전정신에 기대지 않았더라면 훨씬 초라했을 것이다. 현대 러시아작가들에게도 시인은 여전히 마르지 않는 영감의 원천으로 남아 때로는 오마주의 대상으로, 때로는 패러디와 키치의 대상으로 끊임없이 변모하는 중이다.

푸시킨은 어린 나이에 천재 시인으로 문단의 주목을 받으며 문학 경력을 시작했지만 점차 산문과 드라마, 에세이, 평론 등 모든 문학 장르를 섭렵하며 자신의 예술세계를 넓혀나갔다. 시인, 소설가, 극작가, 에세이스트 등의 단어가 존재한다는 것은 작가가 자신의 장르적 한계를 뛰어넘는 것이 얼마나 힘든가를 증명하는 사실에 다름 아니다. 실제로 톨스토이는 시를 쓰고자 했지만 쓸 수 없음을 토로했고, 체호프는 장편소설을 시도했지만 결국 성공하지 못했다. 소설가이자 극작가였던 불가코프는 시를 이해할 수 없다고 투덜댔다. 러시아 작가 가운데 이렇게 여러 장르를 넘나들며 창작한 이는 극히 드문데 레르몬토프의 경우가 푸시킨에 견줄 만하다. '장르가 곧 세계관'이라는 20세기 사상가 바흐친의 진술을 상기할 때 시인의 심오한 세계인식 및 인간에 대한 성찰의 폭과 깊이가 드러난다. 시인의 입을 빌려 표현하자면 현실의 삶은 '존재하는 한 영원히 모순되고 대립하기 마련'이다. 이 복잡다기한 인간 삶의 한 면만을, 그것도 원하는 측면만을 보고자 하는 제한된 시선을 뛰어넘어 시인은 그 안에 감추어진, 다양하다 못해 때로는 역설적이기까지 한 내면 풍경과 기꺼이 마주했다. 그리고 모순으로 가득한 현실을 용감하게 포용하고 주변의 오해와 질시, 몰이해 속에서도 자신만의 조화로운 예술세계를 묵묵히 추구했다.

푸시킨의 문학은 인간과 그를 둘러싼 세계에 대한 깊은 이해와 성찰에 기반하고 있기에 인간의 약점과 온갖 허물로 인해 빚어진 수많은 비극에도 불구하고 그것을 있는 그대로 껴안는 과감한 낙관주의가 함께한다. 이로부터 건강한 웃음과 유머가 절망과 슬픔 한가운데서 자연스럽게 흘러나온다. 그의 문학은 그래서 소중하며 또 여전히, 어쩌면 지금 더 필요하다. 러시아 문학이 지나치게 '진지했던' 나머지 소홀히 취급했던 이 웃음과 유머야말로 시인의 문학을 보다 값지게 만드는 중요한 요소다. 푸시킨이 러시아 문학의 '기준'이자 '이상'이면서 동시에 모방불가능한 하나의 '현상'이 된 것도 이 덕분이다. 소위 세계명작이라 불리는 리스트에서 해피엔딩으로 끝나는 작품은 『신곡』, 『파우스트』, 『제인 에어』 등으로 손에 꼽을 정도다. 소박한 웃음과 유머로 가득한 단편선 『고이반 페트로비치 벨킨의 이야기』(이하 『벨킨 이야기』)는 이 목록의 앞자리를 차지하기에 충분하다.

***

푸시킨은 1799년 6월 6일 모스크바에서 태어났다. 아버지는 유서 깊은 모스크바 귀족 가문 출신이었고 어머니는 한니발 장군의 손녀였다. 시인의 외증조부였던 아브람 한니발 장군은 에디오피아의 왕자로, 표트르 대제에게 선물로 보내져 황제의 제자이자 총신이 되었다. 시인은 언제나 수세기에 걸친 가문의 전통을 자각하고 있었으며 귀족가문의 후손이라는 점과 다혈질의 아프리카 혈통을 평생 자랑스럽게 생각했다.

영락한 구(舊)귀족인 구두쇠 아버지와 자식교육에는 무관심했던 어머니 슬하의 4남매 '가족들 틈에서도 남의 아이 같았던' 소년은 부모의 사랑을 대신할 대상을 아버지의 서재에서 찾았다. 마침 아버지는 딜레탕트 문학애호가였고 삼촌 바실리는 당시 유명한 시인이었다. 덕분에 푸시킨의 집에는 당대의 내로라하는 문사들이 드나들었다. 아버지의 회상에 따르면 어린 푸시킨은 카람진이 하는 말을 주의 깊게 들었으며 그에게서 눈을 떼지 않았다. 시인의 가족은 여름이면 외할머니의 영지 자하로보에서 지냈다. 가문에 대대로 내려오는 전설을 손자에게 들려주었던 외할머니와 시인의 평생지기 유모를 통해 그는 러시아 민담의 세계에 눈을 떴다. 아버지의 서재에서 탐독한 17-18세기 프랑스 문학, 할머니와 유모의 러시아어는 장차 러시아 문학을 책임지게 될 소년의 문학적 재능에 자양분이 되었다.

12살이 되던 해 시인은 집을 떠나 당시 황제였던 알렉산드르 1세가 새롭게 설립한 황실 귀족 기숙학교인 '리세'에 입학한다. 오만하고 경솔하며 대담한 행동을 일삼았던 조숙한 소년에게 학교수업은 그다지 맞지 않았다. 그러나 진보주의 자유사상을 일깨워주었던 훌륭한 스승들의 인문주의 학풍은 소년의 마음속 깊이 자리 잡았다. 학생 개개인을 존중하며 동료애와 사랑, 배려를 목표로 한 리세 정신을 그는 평생 소중히 여겼으며 이곳 동창생들과의 우정은 졸업 후 평탄치 않은 시인의 인생에 가장 큰 의지처가 되어 주었다. 특히 창작을 장려한 리세의 교육은 그의 타고난 재능을 더욱 자라게 한 바, 그는 여기서 100여 편이 넘는 시를 쓰며 스스로 시인으로서의 정체성을 다져나갔다. 러시아 문단에 정식으로 시인의 이름을 알린 송시 『차르스코예 셀로에서 회상하다』가 여기에 포함된다. 상급반 진급시험 과제였던 이 시는 당대 최고의 시인들-제르자빈, 쥬콥스키, 뱌젬스키-의 격찬을 받았다. 이렇게 리세는 '예술가' 푸시킨이 탄생한 문학적 고향이자 러시아 정신을 대표하는 문화적 상징으로 평생 기억된다.

1817년 리세 졸업과 함께 유년시절과 작별한 시인은 페테르부르크 외무성에서 근무를 시작한다. 3년 뒤 '정치범'이 되어 유배를 떠나기 전까지 그는 수도를 활보하며 맘껏 방탕한 생활을 즐겼다. 이 즈음 시인은 개혁 인사들과 친분을 나누면서 새로운 사상과 문학 양식에 눈을 뜬다. 이들은 자유주의 사상과 진보적 이상에 헌신하며 노예제 철폐를 주장했고 이를 위해 문학을 여론 조성 수단으로 이용했다. 푸시킨 역시 이에 감화되어 일련의 '불온한' 시들을 쓰게 된다. 당시 페테르부르크에는 자발적으로 푸시킨의 시나 언행을 감시해 정부에 보고하는 자들이 있었으며 무고한 고발이 허다했다. 시인에게 첫 시련이 닥쳤다. 선배 문사들이 선처를 호소한 덕분으로 불온사상을 유포해 정부를 위협한 정치범 푸시킨의 죄는 1820년 5월 남부 러시아 유배라는 처벌로 마무리 되었다. 공식적으로는 유형이 아닌 좌천의 형식이었다.

한편 이 즈음 서사시 『루슬란과 류드밀라』가 검열을 통과하고 출판되었는데 이 작품은 필사본의 형태로 유포되고 낭독되어 유형 이전부터 이미 유명세를 탔다. 남부 유배 기간 동안 서사시를 둘러싼 논쟁이 활발하게 개진되었다. 푸시킨은 이제 더 이상 문단의 장난꾸러기가 아니었다. 어느새 그는 자타가 공인하는 시인이 되어 있었다. 이 작품을 읽은 쥬콥스키가 자신의 초상화에 <승리한 제자에게 패배한 스승이>라고 적어 푸시킨에게 선물했다는 일화는 유명하다.

1820-24년의 '남부 유배 시기' 동안 시인은 여인들과의 숱한 로맨스와 훗날 제카브리스트 봉기의 주역이 된 비밀결사조직들과의 교류, 시인을 뒤쫓는 스파이들의 감시 속에서 불안과 동요의 나

날들을 보내면서도 창작열을 불태웠다. 『카프카즈의 포로』, 『바흐치사라이의 분수』, 『도적 형제』 등의 낭만적 서사시와 서정시들을 썼으며 평생의 역작 『예브게니 오네긴』도 시작했다. 남부 유배 기간 동안 푸시킨의 명성은 러시아 문학계에 널리 퍼졌다. 동시대 낭만주의의 아이콘이었던 바이런의 동방시들을 상기시키는 남부 서사시들 덕분이었다.

1824년 여름 시인은 상관의 모함으로 불경죄라는 오명을 쓰고 오데사에서 추방되어 영지 미하일롭스코예로 유배지를 옮기게 된다. 시골 영지에는 시인과 유모, 단 둘뿐이었다. 정신적 교감을 나눌 지인도, 오락거리도 없는 시골 생활은 열띤 논쟁과 파티를 즐겼던 시인에게 고문이나 다름없었다. 연인들과의 생이별, 궁핍한 재정 상태는 그를 더 고독하게 만들었다. 그의 유일한 낙이라고는 친구들이 보내는 서한과 유모가 들려주는 러시아 동화였다. 그러나 시인은 외부 상황에 굴하지 않고 고독과 궁핍을 창조를 위한 에너지로 바꾼다. 귀족과 관료 생활에서 벗어나게 된 그는 처음으로 러시아 민중의 삶과 지방의 삶을 몸소 체험하며 창작의 시야를 넓혀나갔다. 이는 현실의 산문성 속에 숨겨진 아름다움, 즉 시성(詩性)을 찾고자 하는 노력으로 자연스럽게 이어졌다. 평범한 삶이 고상하고 화려한 삶에 대립하는 것이 아니라는 사실을 깨닫게 된 그는 이 진리를 예술적으로 묘사하는 것이 진정한 시인의 소명임을 확신한다.

1825년 겨울 『알렉산드르 푸시킨 시선』이 출판됐다. 1825년 12월 14일 진보주의 귀족들의 이상이 무참히 짓밟힌 '제카브리스트 봉기'가 있은 후 2주가 지나 발표된 시집은 얼어있던 러시아 문학계의 침묵을 깨는 희망의 목소리처럼 울려 퍼져 전대미문의 성공을 거두었다. 이로써 푸시킨은 러시아 최고 시인의 자리에 오르게 된다.

시인의 새로운 사명에 눈 뜨게 된 푸시킨은 문학비평과 저널리즘 영역으로 관심을 확장했다. 동시에 러시아민중의 시와 노래, 세계문학 및 정치, 경제, 역사 등 전 분야의 서적을 탐독하면서 창작의 긴장을 놓지 않으며 작품을 완성했다. 바이런적 낭만주의를 극복한 서사시 『집시들』과 희곡 『보리스 고두노프』, 서사시 『눌린 백작』과 시 『예언자』, 『겨울밤』 등이 미하일롭스코예 시기 작품에 해당한다. 제카브리스트 봉기를 일거에 진압하고 왕좌에 오른 새 차르 니콜라이 1세의 반동정치 탓에 편지왕래가 끊겨 푸시킨은 반란에 가담한 친구들의 생사여부조차 알 수 없었다. 이렇게 불안하고 답답한 시간을 보내면서도 그는 집필을 멈추지 않았다.

1826년 9월 푸시킨은 니콜라이 1세의 부름을 받고 경찰에 의해 모스크바로 호송되었다. 제카브리스트에 대한 잔인한 처벌로 멀어진 대중의 환심을 사기 위해 러시아 최고시인을 자기편으로 포섭하려는 계획이었다. 차르는 자비를 베풀어 시인을 검열로부터 자유롭게 해주었다. 차르 자신이 시인의 개인 검열관이 되는 조건이었다. 황제와 동등한 입장에서 대화를 나누면서 시인은 혁명가들에 대한 선처와 정부의 진보 정책 추진이라는 조건이 보장되면 차르와 손을 잡을 수 있다고 생각했다. 혁명가 친구들에게 공감하면서도 혁명이 가져오는 파괴적인 힘에는 원천적으로 반대 입장에 섰던 시인은 차르의 권력과 손잡고 새로운, 진정한 개혁을 해보리라 꿈꿨다. 이중인격자 차르가 베푼 자비의 대가는 서서히 나타났다. 차르와의 독대는 시인이 세상을 떠날 때까지 시달려야 했던 정부의 감시와 검열의 서막에 불과했다. 작품은 물론 그의 일거수일투족마저 검열을 피할 수 없었다. 한편 이 시기 모스크바 생활은 비교적 순탄해보였다. 새로 발표하는 작품들마다 호평 일색이었으며 이전 작품들은 재출판되었다. 그러나 이 시기 푸시킨은 정신적으로 불안했고 생활은 번잡했다. 끊임없이 해외로의 탈주를 꿈꾸며 모스크바와 페테르부르크를 오가는 틈틈이 미하일롭스코예에 머물렀다.

1828년 봄부터 푸시킨의 사정은 나날이 심각해졌다. 외적으로는 정부와의 대립과 불화가 더 심화되면서 상부의 감시는 갈수록 심해졌다. 비평가들 역시 그에게서 등을 돌렸다. 신진 비평가들은 푸시킨이 이제는 '늙었다고', 그래서 '젊은 세대의 요구'에 답하지 못한다며 그를 공격했다.

더불어 시인의 개인사에도 큰 변곡점이 생겼다. 이 해에 무도회에서 처음 만난 나탈리야 곤차로바에게 첫눈에 반한 시인은 우여곡절 끝에 가난한 신부 대신 지참금을 가져오는 조건으로 결혼 승낙을 받고 이듬해 봄에 약혼식을 치른다. 이 시기 푸시킨의 서정시는 암울한 정조로 가득하다. 제 자신에 대해 그리고 제 삶에 만족하지 못하는 시인의 모습이 『회상』과 생일날에 쓴 시 『무익한 선물, 우연한 선물』에 반영되어 있다.

1830년 9월 푸시킨은 아버지의 영지 볼디노로 향했다. 영지를 은행에 저당 잡혀 결혼비용을 마련할 생각이었다. 3주 예정이었던 볼디노행은 콜레라가 창궐하는 바람에 석 달로 늘어났다. 이렇게 해서 푸시킨 창작의 성숙기를 증명하는 그 유명한 첫 번째 '볼디노의 가을'을 맞게 된다. 『예브게니 오네긴』을 완성했고 드라마 『소비극들』과 산문작가로서의 포문을 연 소설 『고 이반 페트로비치 벨킨의 이야기』, 서사시 『콜롬나의 작은 집』 외에도 다수의 서정시를 창작했다. 1825년의 미하일롭스코예가 시인의 창조력이 절정에 오른 때이자 창작 여정의 전환점이 된 때였다면 1830년의 볼디노는 성숙한 시인의 필력이 풍성한 창작의 열매를 수확

하는 시기였다. 여기서 『비가』, 『잠 안 오는 밤에 쓴 시』 등의 걸작이 탄생했다.

볼디노에서 돌아온 푸시킨은 1831년 나탈리야와 결혼했다. 신혼부부는 신접살림을 차린 모스크바를 떠나 잠시 차르스코예 셀로에 머물며 짧지만 평화롭고 행복한 결혼생활을 했다. 이후 페테르부르크로 돌아온 푸시킨의 삶은 불행의 연속이었다.

국내외 사정도 불안하기 짝이 없었다. 콜레라가 창궐해 민중 봉기가 끊이지 않았으며 폴란드 혁명을 진압한 정부에 대한 진보 지식인들의 비난이 들끓었다. 푸시킨도 목소리를 냈다. 이때 쓴 시 『러시아를 비방하는 이들에게』로 그에게 변절자의 낙인이 찍혔고 가까운 지인들마저 실망을 금치 못했다. 정치에 대한 시인의 관심은 역사에 대한 관심으로 이어졌다. 1831년 피터대제사 집필을 위한 황실도서관 고문서 열람을 허가받았지만 이는 동시에 아내 나탈리야를 차르와 가깝게 하는 결정적인 계기가 되고 말았다. 1833년 푸시킨은 푸가쵸프 반란에 관한 연구를 시작한다. 차르에게 여행허가를 받고 넉 달간 우랄 지방을 여행하며 푸가쵸프의 발자취를 좇았다. 돌아오는 길에 잠시 들른 볼디노에서 푸시킨은 두 번째 볼디노의 가을을 맞게 된다. 여기서 그는 마지막 서사시 『안젤로』와 『청동기마상』, 소설 『스페이드 여왕』, 그리고 걸작시 『가을』과 역사물 『푸가쵸프사』를 집필했다. 40여 일간의 긴장된 작업강도와 집중도는 첫 번째 볼디노의 가을에 버금가는 것이었다.

이 당시 푸시킨의 재정 상태는 악화일로로 치닫고 있었으므로 1834년 왕실 시종보라는 모욕적인 자리에 임명되었을 때에도 그는 차마 거절할 수가 없었다. 이로써 차르는 시인이 페테르부르크와 궁전을 벗어나지 못하게 함과 동시에 스물 두 살의 아리따운 시인의 아내이자 자신의 연인이기도 한 나탈리야를 궁중의 꽃으로 만드는 두 가지 목표를 모두 달성했고, 시인의 비극적인 종말을 앞당겼다. 점점 더 옥죄어오는 권력의 감시와 억압 속에서 그는 필사적으로 내적인 자유와 자립을 갈구했다. 이런 심경이 시 『친구여, 시간이 되었소』에 잘 드러난다. 또한 재정 문제를 해결해주리라 예상하며 빚을 얻어 출판한 『푸가쵸프사』는 여지없이 그의 기대를 배반했다. 창작에 집중할만한 여건이 아니었음에도 시인은 창작열은 열악한 외부 환경에 굴복하지 않았다. 1836년 마지막 소설 『대위의 딸』을 발표했으며 그의 시적 유언이 된 『기념비』, 『나 생각에 잠겨 교외를 거닐다』 등의 명시를 썼다. 뿐만 아니라 새로운 작품 구상이 줄을 이었으며 습작이나 초안 형태로 남은 원고들이 차고 넘쳤다.

시인의 마지막 생은 극적인 상황의 연속이었다. 왕실의 시종보 노롯을 하는 그를 비난하며 젊은 날의 이상을 저버린 변절자에, 권력의 노예라는 비방문과 아내와 당테스의 염문설을 기정사실화하는 모욕적인 편지가 익명으로 그에게 날아들었다. 당테스는 푸시킨을 향한 사교계의 음모를 본격적으로 가동시킨 촉매제에 불과했다. 자유를 억압하고 창조력을 고갈시키는 숨막히는 사교계에서 시인은 명예를 지키고자 병적일 만큼 애썼다. 양보나 타협 대신 극단으로만 치닫는 그의 공격적인 태도는 가까운 친구들에게조차 비난을 살만 했다. 그는 결투만이 마지막 해결책이라는 결론에 도달했다.

지인들의 증언에 의하면 결투신청서한을 보낸 직후 푸시킨은 금세 안정을 되찾고 유달리 명랑한 모습을 보였다고 한다. 시인은 자신의 죽음을 전혀 예상하지 못했던 것 같다. 1월 27일 결투 당일에도 그의 머릿속은 창조적 기획으로 가득 차 있었다.

오후 4시경 그는 입회인과 함께 결투 장소로 향했다. 2시간 후 치명상을 입은 그는 집으로 옮겨졌다.

이틀 후인 1837년 1월 29일 오후 2시 45분 푸시킨은 참을 수 없는 고통을 이겨내며 신음소리조차 내지 않았고 마치 오랫동안 죽음을 준비해오기라도 한 것처럼 의연하게 죽음을 맞았다. 평소 아끼던 서재의 책들에게 건넨 "안녕, 친구들!"이란 마지막 인사와 함께였다. 그의 죽음은 전 국민적 애도의 대상이 되었고 성난 지식인들은 시인의 사인 규명을 추궁했다. 시인의 집 주위로 수많은 사람들이 운집했다. 황제와 경찰은 분노한 민중의 대규모 소요를 두려워한 나머지 비밀스럽게 장례식을 치렀고 그날 밤 몰래 헌병들의 호위 하에 시인의 관을 미하일롭스코예의 스뱌토고르스크 수도원 묘지로 이송해 매장했다.

러시아 전역에 퍼져있는 시인과 관련된 수많은 박물관과 기념관 가운데 가장 의미 깊은 장소를 꼽으라면, 아직도 푸시킨 시대의 정취를 간직한 미하일롭스코예 국립공원과 시인의 마지막 나날을 기억하고 있는 페테르부르크 모이카 12번지 저택박물관이다. 이 특별한 공간에서라면 누구나 창작의 열기로 가슴팍을 풀어헤친 채 펜대를 입에 물고 잘근잘근 씹으면서 생각에 잠긴 검은 고수머리에 짙은 구레나룻이 난 시인의 모습을 저절로 떠올리게 될 것이다.

***

『벨킨 이야기』는 푸시킨의 창작이 정점에 달한 첫 번째 '볼디노의 가을' 시기에 쓰인 작품으로, 산문작가로서의 행보를 알리는 첫 작품이다. 1830년 9월 9일부터 10월 20일까지, 거의 한 달음에

써내려간 이 소설은 이듬해 A. P.라는 작가의 이니셜만으로 출판되었다. 푸시킨 자신도 산문작가로서의 첫걸음이 가볍지만은 않았던 모양이다. 실제로 '천재시인'이라는 수식어를 벗어던지고 시대가 요구하는 새로운 문학 경향인 산문으로 나아가는 길은 그에게도 순탄하지만은 않았다.

시인의 첫 습작 소설은 『표트르 대제의 흑인』을 쓰던 1827년으로 거슬러 올라간다. 외증조부였던 한니발을 주인공으로 내세워 시대상을 추적한 이 역사소설에는 시인이 처음으로 소설의 내러티브를 다루면서 봉착한 문제가 드러나 있다. 소설은 결코 '시를 쓰듯이' 써지지 않았던 것이다. 첫 시도는 미완성으로 남았다.

1822년 시인은 에세이 『산문에 관하여』에서 "정확함과 간결함이야말로 산문의 제일가는 미덕이다. 산문은 생각, 생각을 필요로 한다. 이것이 없다면 빛나는 표현은 아무런 소용이 없다"고 일찌감치 자신의 산문관을 표명한 바 있다. 이 말에서 장중하고 수사적인 언어와 애매한 표현, 감상적이고 교훈적인 문장을 남발하던 카람진류의 동시대 산문과 거리를 두려는 작가의 의지가 느껴진다.

훗날 소설가 푸시킨은 정제되고 단아한 언어와 선명하고 정확한 표현으로 문체에 음악성을 부여하면서 누구도 모방할 수 없는 절제미와 압축미를 갖춘 산문의 경지에 도달한다. 여기서 더 흥미로운 지점은 산문에 '생각'이 필요하다는 말이다. 푸시킨이 강조한 '생각'이란 소설의 이념 및 사상 등의 주제론적 차원을 강조한다기보다는 소설의 내러티브가 서정시의 내러티브와 필연적으로 다를 수밖에 없다는 자각에서 나온 것이다. 주인공의 내면 묘사와 시상의 전개가 순전히 시적 자아, 즉 시인에게만 의존하는 서정시와 달리 소설은 필연적으로 제 삼자의 성격과 생각에 따른 행동을 서술하는 작업이므로 주인공의 내적 동기화가 얼마나 설득력 있고 논리적으로 전개되는가가 작품의 성패를 가른다. 이를 위해 소설가 푸시킨은 자신의 인물들을 특정 상황에 던져두고 이들이 어떻게 생각하고 또 어떻게 행동하는가를 관찰한다. 그러나 이들의 생각과 행동은 작가도 제어할 수 없는 눈보라와 악몽, 혹은 본인의 실수와 타인의 장난에 의해 전혀 예기치 못한 방향으로 비껴가고 때로는 우회한다. 바로 이런 드라마틱한 세계가 『벨킨 이야기』에서 펼쳐지는데 그렇다면 이 작품에 담긴 작가의 '생각'은 무엇인지 고민해보지 않을 수 없다.

『벨킨 이야기』는 총 다섯 편의 짧은 이야기를 느슨하게 묶어놓은 소설집이다. 해피엔딩으로 끝나는 이 소박하고 유쾌한 단편들은 독서 행위가 주는 원초적인 즐거움을 제공한다는 점에서 무엇보다 중요하지만 거듭 읽다보면 우리가 익히 알고 있는 뻔한 이야기들을 교묘하게 비틀고 유쾌하게 전복하는 푸시킨의 목소리를 듣게 된다. 한편 동시대 독자들은 이 '뻔한 이야기'에 실망을 금치 못했다. 작품에 '독창성이 결여되어 있으며 내용이 없다'는 것이 동시대의 중평이었다. 당대 주류 비평가였던 불가린은 작가적 허구가 없는 '일화'(episode)에 불과하다고 공개적으로 비난했고 벨린스키마저 '예술작품이라기보다는 동화나 우화'에 가깝다고 평했다.

소설에 대한 정당한 평가는 도스토옙스키가 초기 소설 『가난한 사람들』(1846)에서 역참지기 삼손을 언급하면서부터 시작되었다. 5편의 단편 가운데 가장 유명한 『역참지기』는 초기 리얼리즘 소설 경향에 부합했다. 가난하고 모욕받는 민중의 삶을 '있는 그대로' 묘사하고자 한 새 시대의 문학은 하층계급을 다룬 『역참지기』에 환호했으며 이 작품은 시에서 소설의 시대, 즉 낭만주의에서 사실주의로 넘어가는 러시아 문단의 이정표가 되었다.

주지하다시피, '작은 인간'(Little man)의 테마는 비판적 리얼리즘으로 대표되는 러시아문학의 유구한 주제다. 인간에 대한 연민을 중핵으로 하는 러시아문학의 휴머니즘 정신도 이로부터 연원한다. 이어서 1873년 톨스토이가 『벨킨 이야기』의 놀라운 구성력과 통일성, 유기적이고 조화로운 관계들을 극찬하며 모든 작가들이 연구해야할 모범이라고 칭송했고(시간이 더 지난 후에는 작품이 "너무 헐

벗었다"는 재평가를 내리지만) 나보코프는 러시아어로 쓰인 작품들 가운데 최초로 영원한 예술적 가치를 지니는 작품이라고 극찬해마지 않았다.

사실 동시대 비평가가 지적한 '작가적 허구의 부재 및 비독창성' 이야말로 푸시킨의 숨겨진 의도였다. 푸시킨의 독창성은 기존의 관습적인 문학 전통의 배경에 비출 때 그 진면목을 드러낸다. 그 결과 낡았다고 생각되었던 과거의 문학 전통은 다시 고려의 대상이 되며 시인의 시대를 풍미했던 감상주의와 낭만주의 산문의 주인공들이 정형화된 틀을 벗어던지고 입체적으로 살아난다. 푸시킨은 당시에도 진부하고 저급한 것으로 여겨졌던 노벨라 형식-소설의 가장 초보적인 형태로 가면쓰기나 변장 등의 예상치 못한 돌발 상황을 도입하여 극적 결말을 맺는 구성 형식-을 가져와 낡은 것은 버리고 문학적 창조 가능성을 지닌 요소들을 취하여 그것들을 작동시킨다. 작가는 예기치 않은 상황에서 평소에 드러나지 않던 인간의 본성을 노출하는 장치로서 노벨라의 가치를 높이 평가했다. 이리하여 과거의 전통은 문학적 혁신을 배제하지 않을 뿐더러 작가에게 있어 오히려 그 혁신의 필수조건이 된다.

더불어 그는 인간의 성격 묘사 방법을 궁리하기 시작했다. 다양한 상황에서 실로 다양하게 발현되는 인간의 다면성은 역설에 가까울 정도인데 인간의 복잡한 심리를 묘사하는 푸시킨의 원칙은 그러나 앞서 이야기한 '정확함과 간결함'이었다. 그 결과 단순해 보이는 이야기들은 보기보다 훨씬 더 심오한 의미를 갖는다. 푸시킨의 산문을 일컬어 '심리 없는 심리소설'이라고 지적한 소비에트 비평가 스테파노프의 평가는 이런 점에서 매우 적확한 지적이 아닐 수 없다.

푸시킨의 시대는 유럽에서 수입된 낭만주의가 만개한 때였다. 『벨킨 이야기』의 주인공들 또한 이 유행을 따라 자기에게 맞는 문학적 가면을 만들어 쓰고서 말 그대로 그것을 '살아내고자 한다.' 『한 발의 총성』에서 실비오를 비롯한 군인들의 폭음과 무법한 행동, 프랑스 연애소설을 모방한 『눈보라』의 여주인공 마리야의 낭만적 사랑의 기획, 『귀족아가씨-농노아가씨』에서 환멸에 빠진 음울한 인물을 연기하는 알렉세이 등이 떠올려 보라. 그 가운데 푸시킨이 지지하는 주인공들은 이 사실을 자각하고 있으며 오히려 그 '연기'를 통해 자신의 삶을 보다 창조적이고 미학적으로 만들어가고자 한다. 반면 그렇지 못한 주인공들은 그 가면에 대해 의심을 품지 않는 자들로, 이러저러한 '고정관념'에 사로잡힌 채 벗어나지 못함으로써 불행한 결말을 맞게 된다.

작품을 구성하는 다섯 편의 느슨한 이야기를 한데 묶는 주제가 있다면 그것은 한마디로 '시간과 성숙'의 문제라고 하겠다. 짧은 분량에도 불구하고 인물들은 나름대로 '길 떠남-시련-귀환'의 내러티브를 구축하며 성장소설의 플롯을 밟아나간다. 시간의 궤적을 따라 시련을 거치면서 성숙해 나가는 것이다. 그리고 푸시킨은 시간이라는 시험을 통과한 자들의 편이다.

『한 발의 총성』에서 실비오는 모든 한계를 뛰어넘는 낭만적 영웅의 삶을 제 삶의 마스크로 삼아 지난 세월 충실히 '연기'했다. '소설 같은 상상력을 타고난' 화자의 낭만적 렌즈에 투사된 실비오는 '악마'이자 '우리에 갇힌 호랑이'지만 실상 그는 자신을 모욕한 (정확히는 모욕을 자처한) 백작에게 복수하기 위해 허송세월하는 질투와 열등감에 사로잡힌 사내일 뿐이다.

6년 후 그에게 드디어 복수의 그날이 왔다. 지난 6년간 백작에게 받은 모욕을 단 하루도 잊지 않았던 실비오는 그러나 시간과 함께 자신이 변했다는 사실을 알게 된다. 남은 한 발을 백작을 향해 겨누었을 때 그는 백작을 죽이는 것이 곧 자신의 도덕적 죽음이란 것을 깨닫는다(결투를 하는 게 아니라 살인을 하고 있다는 생각이 계속 맴도는군. 나는 무장하지 않은 사람을 겨누는 데 익숙하지 않소).

백작의 아내가 보는 앞에서 야비하게 총을 겨눈 실비오가 떠나면서 남긴 수수께끼와도 같은 말(당신의 양심에 당신을 맡기겠소)은 사실 그가 스스로에게 던진 독백이나 다름없다. 그 순간 실비오에게 필요한 것은 백작의 목숨이 아니라 바로 백작을 뛰어넘는 도덕적 승리였다. 낭만적 영웅의 가면을 마구잡이로 휘두르던 젊은 시절과 달리 그는 자신의 '양심'에 그 가면을 비추어 볼 줄 알게 되었다. 그의 피부처럼 되어버린 이 가면은 그가 질투와 복수심에 눈먼 '루저'로 생을 마감하지 않고 진정한 영웅으로서 낭만적 죽음을 경험하도록 해준다. 실비오는 그리스 독립전쟁에 참전해 장렬히 전사하는데, 그의 최후는 낭만적 삶을 모방한 자의 씁쓸한 패배가 아니라 모방을 내것으로 만드는 데 성공한 결과로 봐야 옳다. 당시 바이런을 포함한 유럽의 수많은 젊은이들이 자유주의 사상을 옹호하며 이 독립전쟁에 참전해 전사했다. 대의를 위해 기꺼이 목숨을 바친 소설 속 영웅의 삶을 현실에서 실현하고자 했던 낭만주의자로서의 죽음은 그가 마지막으로 도전한 과제였다. 푸시킨은 6년이란 시간을 묵묵히 견딘 실비오에게 과오를 뉘우칠 기회와 그에 가장 합당한 방식으로 상을 준다. 그렇다고는 해도 실비오가 완벽한 도덕적 승리를 거둔 것으로 보기는 어렵다. 오늘날 '엄친아'에 해당하는 백작은 실비오의 회상에서 묘사되었던 것처럼 망나니에 불과한 인물이 아니다. 귀족과 평민 사이에 존재하는 계급의 벽은 당시 너무 공고했기 때문에 실비오는 이에 의문을 품을 수조차 없었다. 푸시킨의 날카로운 시선은 사회적 불평등으로 인한 개인의 비극에도 깊이 관여했다. 이 문제의식은 『역참지기』에서 한층 더 깊어진다. 한편 화자인 '나'는 이런저런 정황을 파악하기에는 그 사고의 폭이 너무 좁다. '한 발의 총성'은 어쩌면 화자의 제한된 사고에 가하는 경종일지도 모른다.

『눈보라』는 세 청춘의 엇갈린 사랑 이야기를 다룬다. 휴가차 시골 영지에 잠시 머무르고 있는 가난한 육군 소위보 블라디미르는 근방의 부유한 귀족 처녀 마리야를 꼬셔 야반도주할 꿈을 꾸는 경박한 청년이다. 그의 감언이설에 넘어간 마리야는 소설에 나올법한 '낭만적 사랑의 도피'를 감행한다. 그 결과가 어떠할지는 불 보듯 뻔하다. 그런데 해프닝으로 끝나고 만(그런데 아무 일도 없었다.) 철없는 연인들의 낭만적 사랑놀음은 전혀 뜻밖의 국면으로 접어든다. 눈보라로 인해 제시간에 비밀결혼식장에 닿지 못한 블라디미르 대신 역시 눈보라로 인해 우연히 예배당을 지나던 부르민이라는 또 한 명의 경박한 청년이 마리야와 결혼식을 올리고 헤어졌다가 이 둘이 또 우연히 3년 뒤에 만나 사랑에 빠진다는 동화보다도 더 동화 같은 이야기가 펼쳐진다. 과연 블라디미르와 마리야의 사랑은 부르민과 마리야의 그것과 다른 것일까. 전자는 낭만적 가면을 쓴 사랑놀음이고 후자는 진정한 사랑일까.
적어도 텍스트 상으로는 분명치 않다. 마리야와 부르민의 언어와 세계관은 3년이 지났음에도 여전히 낭만적이다. 이미 결혼한 사이임을 마지막에 알게 된 두 연인은 돌처럼 굳어 말을 잇지 못한다. 부르민의 고백을 들은 뒤 청혼을 멋지게 거절하려는 '뜻밖의 대단원'을 준비한 마리야의 계획과 상황논리에 의해 고백은 하지만 청혼은 하지 않겠다는 부르민의 계획이 일거에 수포가 되는 순간이다. 그리고 이야기는 갑작스레 여기서 중단된다. 과연 눈보라는 운명의 장난에 불과한가 아니면 하늘의 섭리인가.

눈보라는 둘 중 하나를 상징하는 메타포라기보다는 '변증법 대신에 삶이 도래했다'던 도스토옙스키의 말처럼 예측불가능하고 불가해한 인간 삶에 앞에서는 어떤 이론이나 계획도 무력함을 드러내는 증거가 아닐까. 그럼에도 우리는 자꾸만 교훈적인 경구와 속담에 기대어 예측불가능한 삶을 재단하려고 한다(교훈적인 경구는 우리가 자기 행동을 정당화할 마땅한 근거를 생각해내지 못할 때 놀라울 정도로 유익한 법이다.). 마리야와 부르민은 마지막 침묵의 순간에 적어도 이런 사실을 깨닫지는 않았을까. 그렇다고 한다면 이들이 양심의 가책을 받으며 보냈던 지난 삼년의 세월은 결코 허투루 버려진 시간이 아니었다.

『장의사』는 『벨킨 이야기』 중 가장 짧고 모호한 이야기로 평가된다. '침울한 데다 말수도 적'어서인지 아드리얀은 다른 주인공들에 비해 홀대받아 왔다. 장사를 시작할 때부터 싸구려관을 비싸게 팔았던 수완가임에도 평생 손해를 봤다는 생각에 언제나 우올하며 가벼운 농담에도 상처를 잘 받아 교제에도 서툰 이 외로운 노인은 그러나 이야기가 끝날 무렵 기쁨에 찬 새로운 삶을 맞이한다. 하룻밤 악몽의 대가로 이렇게 큰 선물을 받는 행운아가 있을까. 『한 발의 총성』에서 실비오가 그토록 부러워한 백작과 같은 '빛나는 행운아'도 꿈꾸지 못할 일이다.

장의사란 직업상 죽음을 잘 안다고 생각했지만 정작 죽음을 진지하게 대해본 적도 없으며 따라서 삶에 대해서도 성찰한 적이 없던 아드리얀에게 '낡은 관을 수선하는 대신' 낡은 삶을 수선하는 때가 온 것이다. 그런데 이 행운은 거저 주어진 것이 아니었다. 이야기 서두에서 '일찌감치 점찍어두고 상상만 하다가 마침내 거금을 주고 손에 넣은 그 노란 집 쪽으로 가까이 가는데도, 전혀 뿌듯하지 않아 의아하기만' 하던 아드리얀의 모습을 떠올려보자. 어째서 마음이 뿌듯하지 않은지에 대한 설명이 이어지지는 않는데 그에게는 이런 상태를 설명할 메타적 언어가 부재하기 때문이다. 그러나 독자는 이 순간 그의 양심이 소생했음을 안다. 이 '의아한' 기분은 사건의 전조이자 징조다. 진정한 사건은 꿈인지 생시인지 모를 그로테스크한 유령들과의 집들이 장면으로 처리된다. 이 사건으로 그는 대가를 치르고 자기 인생에 진 빚을 청산하면서 과거의 자신과 결연히 작별한다. 기적과도 같은 하룻밤의 '지옥여행'으로 그는 새로운 사람으로 다시 태어난다. 이는 양심을 팔아

돈을 벌었던 장의사였지만 자기 인생을 관조하고 평가할 수 있는 능력을 가지고 있었던 덕분이다.

이러한 자기성찰 능력은 인간이 성숙해나가는 데 있어 필수적이다. 꿈과 현실, 생과 사의 경계에서 헤매다 돌아온 뒤 삶을 새롭게 바라보기 시작한 그는 기쁨에 겨워 딸들을 부른다. 일도 안하고 밥만 축낸다고 혼내던 그 딸들 말이다. 혼자였던 아드리얀은 이제 내가 아닌 타자의 존재를 기꺼이 받아들이고 또 기꺼이 호명한다. 악몽이 지나간 다음날 아침 그가 눈을 떠 바라본 아침 해가 얼마나 경이로웠을 지를 상상하면 절로 기분이 좋아진다.

『역참지기』는 외동딸을 귀족 장교에게 빼앗기고 쓸쓸히 생을 마감한 충직한 역참지기의 이야기를 감상적이고 교훈적인 톤으로 전한다. 통상 신분의 차이가 나는 낭만적 연애는 현실에서나 문학에서나 이루어지기 힘들다. 해피엔딩은 삼류소설이나 삼류드라마에 어울릴 법한 결말이다. 그래서 역참지기가 생각했듯 하층계급의 여성은 귀족 남성에게 버림받고 불행해지는 플롯이 더 상식적이기도 하다. 역참지기의 집안을 장식한 '돌아온 탕자'의 그림은 그가 굳게 믿고 있는 이와 같은 '상식'의 세계를 지탱하는 유일한 윤리다. 삼손 브이린의 역참은 관습과 변치 않는 가부장 윤리가 지배하는 폐쇄된 전원시적 공간이다. 집나간 두냐는 그래서 돌아온 탕자처럼 거지가 되어 삼손의 세계에 돌아와 빌어야 마땅하다. 그러나 두냐는 돌아오지도 않았으며 '비상식적'이게도 행복했다. 사실 삼손이 죽은 것은 집 나간 딸 때문이 아니라 그가 알지 못하는 다른 세계, 즉 두냐와 민스키 대위가 사는 페테르부르크 삼층집의 세계 때문이었다. 두냐를 찾으러 갔다 민스키에게 쫓겨난 역참지기가 소맷부리에 든 돈을 내팽개치고는 이내 주우러 되돌아가던 모습을 떠올려보라. 그의 비극에는 어떤 카타르시스도 없다. 술병이 나서 죽었다는, 지극히 산문적인 결말만 있을 뿐이다. 『역참지기』의 애잔한 결말부에는 빈부 격차, 신분 차이, 행복과 불행, 부모와 자식 세대의 갈등과 같은 주제가 한데 얽혀 있다. 이 모두가 푸시킨이 살았던 시대는 물론이고 지금까지도 존재하는 사회 규범들의 충돌 현장에서 벌어지는 난제들이다. 펀치 몇 잔으로 산 역참지기의 구슬픈 이야기는 이로써 인간과 그를 둘러싼 사회 및 역사에 대한 진지한 탐구로 자연스럽게 확장된다. 그래서인지 두냐와 민스키의 행복에 안도감과 통쾌함을 느끼면서도 『역참지기』를 읽고 나면 씁쓸한 여운이 가시지를 않는다.

러시아 문학의 자랑인 사실주의 전통에서 이 작품이 갖는 힘은 막강하다. 그러나 이와 동시에 푸시킨이 이토록 '가엾은' 삼손에게 씁쓸한 죽음이라는 가혹한 형벌을 내렸다는 점 또한 기억해야 한다. 삼손의 '눈멂,' 즉 제한된 세계관의 틀을 벗어나지 못하고 그 안에서만 사고하고 행동했던 데 대한 벌이다. 두냐와 민스키가 계급적 이해관계를 뛰어넘어 행복한 가정을 이룰 수 있다는 가능성은 그의 '상식'밖에 위치한다. 선량하고 온순한 삼손의 최후는 근시안적 삶의 종착지인 고독과 소외가 초래한 비극을 보여준다. 인간 삶이 하나의 정답만으로 설명되지 않는다는 것을 몰랐다기보다 알려는 시도조차 하지 않았던 역참지기의 비극은 이야기 초반과 결말에서 달라진 모습을 보이는 민스키와 두냐와의 대비 속에서 보다 강조된다.

『귀족아가씨-농노아가씨』는 삼손의 비극적 최후를 재촉했던 저 높은 계급의 벽을 가뿐히 뛰어넘는 것처럼 보인다. 심각한 대립과 모순마저 이 공간에서는 별다른 계기 없이 쉽게 무너진다. 러시아 전통을 고수하는 베레스토프와 영국광 무롬스키의 앙숙 관계는 꼬리 잘린 말 덕분에 어이없을 정도로 쉽게 해소된다. 귀족 청년 알렉세이는 농노 처녀들과 스스럼없이 어울리며 리자는 몸종 나스챠와 친구처럼 지낸다. 농노아가씨 아쿨리나는 귀족 청년 알렉세이를 쥐락펴락한다. 이리하여 러시아적인 것과 유럽적인의 대립, 귀족과 농노 간의 계급 격차, 전통적인 남녀의 위계질서는 와해된다. 그러나 '자신과 농노 처녀 사이에 존재하는 거리'를 잊어본 적 없는 알렉세이나 귀족 청년이 대장장이 딸 아래 무를 끓는 '소설에나 나올 법한 어렴풋한 희망'을 꿈꾸는 리자의 경우에서 그러한 모순과 대립이 쉽게 철폐될 수 없으리란 점도 분명 드러난다. 완벽해 보이는 행복한 이 세계 또한 언제라도 허물어질 수 있는 것이다.

중요한 점은 리자와 알렉세이가 각각 농노아가씨 아쿨리나와 환멸에 찬 낭만주의자 역할을 의식적으로 연기하면서 매순간을 충만하게 살아간다는 사실이다. 이들은 하나의 가면이나 하나의 고정관념에 집착하지 않기에 예기치 않은 상황이 닥쳐도 유연하게 대처할 수 있을 것만 같다. 그래서인지 실비오와 아드리얀, 마리야와 부르민 등이 제각각 실수를 만회하기 위해 대가를 치르고 또 성숙해지기 위해 필요했던 긴 시련의 시간 대신 리자와 알렉세이는 세 계절을 지날 뿐이다. 어떠한 어려움에 봉착하더라도 유희 정신으로 능히 맞설 수 있는 인물들이 포진된 『귀족아가씨-농노아가씨』는 『벨킨 이야기』의 대단원을 장식할 값어치가 충분하다.

푸시킨은 인간의 내적 가치와 그 무한한 가능성을 신뢰했다. 그러나 '열일곱 살 난 귀족 아가씨가 혼자서 봄날 아침 다섯 시에 숲속에서 무슨 생각을 하는지 말로 정확히 표현'할 수 없는 것처럼 그 가능성이 언제 어디서 그 진가를 발휘할지를 예측하기는 어렵다. 『벨킨 이야기』에 담긴 무궁무진한 이야기를 전부 다 '말로 정확히 표현'하기도 어렵다. 푸시킨이 우리 안에 있는 무한한 내적 가능성을 믿었던 것과 같이 『벨킨 이야기』에도 더 많은 이야깃거리가 담겨 있다고 믿는다. 그것을 발견하는 기쁨은 독자의 당연한 권리다.

끝으로, 원본 『벨킨 이야기』는 '출판인의 말'과 뒤이은 5편의 단편으로 구성되어 있다. 이 책은 『눈보라』를 표제작으로 삼아 '출판인의 말'을 에필로그처럼 가장 뒤에 배치하였다. 푸시킨의 산문에 보다 친근하게 다가가기 위한 나름의 시도인데 원본의 구성을 존중하는 독자라면 맨 마지막의 '출판인의 말'부터 '다시' 읽기를 제안한다. 그렇게 읽어나가다 보면 소설의 원제목에 등장하는 '벨킨'이라는 아주 흥미로운 허구의 화자에게도 자연스럽게 관심이 갈 것이다.

* 이 책은 A. S. Pushkin, Polnoe sobranie sochinenii v 16 t. M.;L.: AN SSSR, 1937-1959, T. 8을 원본으로 삼았다.